Shōgo & Rikiya
「独占禁止!?」

「斉藤の兄貴には渡さない。章悟の一番近くにいるのは、俺なんだ。今までもこれからも。ずっと、絶対に」
力也らしくない物言いだった。彼がこんなふうに感情を露にすること自体、ものすごく珍しいことだ。
「俺は、章悟のこと独占していたいし、だから、斉藤の兄貴が……どんなヤツか知らないけど、ブッ殺したいくらい憎い」
（「独占禁止!?」P.84より）

Chara

独占禁止!?

鹿住 槇

キャラ文庫

この作品はフィクションです。
実在の人物・団体・事件などにはいっさい関係ありません。

目次

口絵・本文イラスト／宮城とおこ

独占禁止!?

授業終了を告げるチャイムが鳴る。

即座に帰り支度を始めた俺《おれ》は、教室内のざわめきに混じって誰かに呼ばれたような気がして、ふと顔を上げた。

空耳かなと思いつつ視線を巡らせると、隣のクラスの男子生徒が後ろ扉のそばで俺を手招きしている。

「三倉《みくら》ー」

ちょっとちょっとと、彼はなおも俺を呼んだ。

「なに?」

帰り支度を途中でやめて、とりあえず俺はその男子——山口理《やまぐちおさむ》に近づいた。

「三倉、来週土曜日なんだけど暇かな?」

「来週土曜日……何日だっけ」

言いながら、生徒手帳を捲《めく》る。

「たぶん空《あ》いてるんじゃないかな。なに？」

「バスケ。桑原《くわはら》一高と親善試合があるんだけどさ、メンツ足りねーんだ。今年の一年、使えねーんだよ」

ため息混じりに彼が言うのに、わかったと頷《うなず》いた。

「大丈夫だと思う。ちょっと待って、すぐ聞いてみるから」

両手を顔の前であわせて拝まれ、拝む相手が違うだろうと思いながら、教室内をぐるりと眺めた。

「サンキュ、助かる～」

彼——樋野力也《ひのりきや》は帰り支度をすっかりすませて、自分の席で所在なげに外を眺めている。俺は山口を待たせて、小走りに力也の席へと駆け寄った。

「力也ァ、来週土曜日の放課後バスケの助っ人、いい？」

彼はつまらなそうな顔をして、ちらりと俺を見る。

そう——山口が聞いたのは、俺の予定ではなく力也の予定だ。親善試合に力を貸してほしいというのも、俺ではなく力也に対してのお願い。

だけど彼は、力也本人には直接頼まない。彼だけでなく、たぶんこの瀬央《せお》高等学校の誰もが、力也になにかを頼む時は必ず俺に仲介を求めてくる。これは昨日や今日始まったことじゃなくて、中学——いや、すでに小学校のころからそうだったかもしれない。

どうしてかって?

その答えは簡単。みんな、力也を怖がっていて、彼の前では萎縮《いしゅく》して口もきけないからなんだ。

じゃあ、どうして俺は力也を怖がらないのかって?

それも簡単なこと。俺は、力也とは物心ついた時からずうっと一緒にいる。生まれた時から一緒と言っても過言じゃない。

家は隣だし親同士も仲がよく、俺たちは幼稚園も小学校も、中学と高校も一緒で、おまけに高二になってクラスまで一緒になった。早い話が、俺たちは幼馴染《おさなな》《じ》みなんである。

いいことも悪いことも全部一緒にやってきて、お互いの欠点も長所も知り尽くしてる。ついでに言うなら、離れてたってお互いがどこでなにをしてるのかも把握してるくらい——長い長いつきあいなのだ。

なにも言わなくても、俺には力也の考えてることがわかるし、たぶん力也もそうだろう。

だからたとえ力也が、ゴジラ並みの破壊力を持っていたんだとしても、俺だけは彼を怖がったりしない。

「…いいけど」

ぼそりと力也が呟《つぶや》いた。なにか言いたげに彼が俺を見るのに、わかってるってと声を上げる。

「試合、俺も見にいくから」

ちゃんと応援しててやる、と言うと、彼の顔つきがほんのちょっぴり和《やわ》らいだものになる。けれどそれは眉毛が一本動いた程度の、ほかのヤツらにはまずわからない微妙な変化だ。

「じゃあ、OKしてくる。ちょっと待ってて、終わったら一緒に帰ろ」

力也は黙って頷いた。

俺はすぐさま後ろ扉まで引き返し、心配そうな顔つきでようすを窺《うかが》っていた山口に向かって、指でOKのサインを送る。

「ホント？　うわー、助かった。んじゃあさ、前日の練習から顔出してもらえるかな。樋野が出てくれたら、心強いぜ。三年の先輩たちは、土曜日模試で来られねーんだ。ただでさえ桑原には三連敗してるから、これ以上負けるわけにいかないしさ。あー、マジで三倉がいてくれて助かった」

俺ではなく、力也がいてくれるから助かったんじゃないのか？　と胸の中でツッコむ。まあ、直に頼めないというのなら、俺がいなきゃどうしようもないというのもわかるけど。

「でも、部外者が試合出て大丈夫なんだろうな？　この前、サッカー部の助っ人した時に、試合が終わってから相手チームにクレームつけられて、参っちゃったんだよ。まるで力也が悪いみたいな言い方されて」

もちろんそれも、面と向かって言われたわけじゃない。だけど、陰口は回り回っていずれ本人の耳に入ってしまうのだ。助けてやったあげくに悪く言われたのでは、力也があまりにも可哀相《かわいそう》だ。

「大丈夫、大丈夫。新入部員ってことにして、名簿にも名前入れとくから」

彼は軽く言うと、もう一度礼を口にして立ち去った。せめて礼だけでも、力也本人に言ってほしいと思ったけれど、そう言う隙《すき》もなかった。

「力也」

お待たせ、と鞄《かばん》を手にして彼を呼ぶ。力也はのっそりと立ち上がった。途端に、周囲を威圧するようなオーラが立ち昇り、室内は一瞬シンと静まった。

「じゃあなー、バイバーイ」

俺はその妙な緊張感を破って、クラスの連中に声をかける。みんなはホッとしたように、口々に挨拶《あいさつ》を返してきた。

力也がどうしてこんなにみんなに怖がられるのか。

体格がいいから、というのもあるだろう。

彼はちっちゃいころから、俺よりも軽く二回りはデカかった。

顔は怖くない。どっちかっていうと二枚目で、かなり整ってるほうだと思う。ただ——信じられないほど愛想がない。感情が表情に出にくいし、常に怒っているようにも見える。目鼻立ちが整っているぶんだけ、よけいに迫力があるのかもしれない。

そして、あんなふうにしょっちゅういろんなクラブからお呼びがかかるほどの運動神経を持ちながら、力也はどのクラブにも所属していない。なまじなんでもそつなくこなすうえ、他人に媚《こ》びることもなく飄々《ひょうひょう》としているせいで、上の人間からは「生意気」と取られることが多くて、どうしても部内の上下関係がうまくいかないのだ。団体競技は苦手だからと、中学の時は陸上部に所属したこともあるけれど、結局人間関係がしんどいと辞めてしまった。

スポーツが得意なだけじゃなく、力也は頭までよかった。なんといっても、この前の実力テストでは学年十七位。つまり勉強もスポーツも人並み以上で、しかも顔もよく格好イイ。

普通なら学校内の超人気者になってもおかしくないはずなのに、彼はただ無愛想だというだけで遠巻きにされてしまっている。

それはまんざら周囲だけが悪いんじゃなくて、力也側にもほんのちょっぴり責任はあると思わなくはない。

力也は、俺以外の人間とのつきあいを拒否してるきらいがあるのだ。それが、彼の唯一の欠点だと俺は思ってる。

「山口、感謝してたぜ。力也が試合に出てくれるって、喜んでた」

下駄箱で靴を履き替え、肩を並べて昇降口を出る。

こうして並んで歩きながら話すと、自然に俺の目線は上を向く。身長差は、十五センチぐらいだろうか。小学校の時はもうちょっと差が少なかった気がするけれど、いつのまにか彼はぐんぐん伸びてしまった。夜中に関節がギシギシするという話を、俺はどれほど羨《うらや》ましい思いで聞いたことか。

「……べつに感謝されるようなことじゃない」

むっつりと、力也は言った。

「なんでさ。部員でもないのに、力貸してやるんだから。感謝されて当然じゃん？」

「まだ試合はしてない。そういうのは勝ってからでいいと思う。それに…」

ちらりと俺を見下ろして、彼は言いにくそうに口を噤《つぐ》む。でも——俺にはもうわかってる。

力也の言いたいことが。

「……試合は勝ち負けだけじゃないんだから、部外者を出してまで勝とうとするのはちょっとおかしい。その時だけ力也を引っ張り出すよりも、もっと大事なことがあるんじゃないのか……だろ？」

先回りして口にすると、彼の口元が微《かす》かに綻《ほころ》ぶ。

「わかってるよ。……ごめん、力也。試合出るの嫌だったら、断っていいんだよ。俺、断ってこようか？」

彼は、いや、とかぶりを振った。

「一度引き受けたことだから」

どんなことがあっても、力也は一度した約束は守ろうとする。

「じゃあ、次からは断る」

「……章悟《しょうご》は、俺を試合に出させたいんだろう？」

聞かれて、まあねと嘯《うそぶ》いた。

力也の目が「どうして？」と問いかけている。

「力也の活躍する姿、見るのが好きだから」

そう答えると、彼はちょっと嬉しそうな顔をした。

そういう優しい顔を、みんなにも見せてほしいと思う。そうすればきっと、誰もが力也を好きになるだろう。

だが、そう思う一方で、こんな顔をするのは俺の前だけでいいとも思ってしまうのだ。そうしてちょっと怖いような、申しわけないような気持ちになる。もし力也が俺の考えてることがわかっているのなら、そんな俺の思いを察してよけいに周囲を拒絶しているんじゃないかって。

「いいよ、これからも頼まれれば引き受けて」

「でもさ…」

「章悟が出てほしいって言うんなら、出る」

キッパリと言いきった口元は、キリリと引き締まって男らしい。

俺は、ずっとこの不器用で生真面目《きまじめ》な彼を自慢に思っていた。子供のころから、ずっとずっとだ。

俺は力也に比べれば本当にデキが悪くて、自慢できるようなところは一つもないけれど、だからといって卑屈になったり僻《ひが》んだりしたことは一度もなかった。

だって、力也は俺の自慢だ。力也みたいなすごいヤツが幼馴染みだってことが、俺の最大の誇りなのだ。

「…うん、…ってゆーかさ、俺、試合に出ることをきっかけに、お前がみんなに溶け込めたらいいなって思ってるよ。俺だけじゃなくて、誰とでも楽しく話せたらいいのにって」

彼の素晴らしさを理解してくれる人間が、もっともっと増えればいいのにと思いながら言ってみる。けれど、力也はそれには興味なさそうに鼻を鳴らした。

「べつに、どうでもいい」

そっけなく吐き捨てられるのに、俺は困って顔を顰《しか》める。

「どうでもよくないだろ。お前、本当は優しいんだから。みんなが〝怖い〟とか言ってんの、俺嫌なんだよ」

「章悟がわかってくれてるから、それだけでいい」

心底困ってしまうのは、その言葉は決して上辺だけのものじゃなく、彼が本気で言ってるってことだ。

力也は、俺さえいればほかに友達なんかいらないと言って憚《はばか》らない。つまり俺が、彼と外界を繋《つな》ぐ唯一のパイプラインという意味なのだろう。

俺はいいけど——いや、やっぱりよくないのか。力也のことを考えたら、これはマズイだろう。

と、うわぁぁぁん！ と近くで子供の泣き声がした。

俺たちはそれぞれ足を止めて、キョロキョロと周囲を見渡す。

「章悟」

力也は俺の袖をついと引いた。彼が指で差し示した先に、小学校低学年ぐらいの男の子が転んで泣いているのが見える。

彼の目が「行って」と訴えているので、俺はしょうがないなと思いながら、子供のそばに駆け寄った。

「どうした、転んだのか？」

男の子は、不思議そうに俺を見上げてこくりと頷いた。

「どれ、起きてみろ。どこ怪我《けが》した？」

ざっと見たところ、膝《ひざ》を擦《す》り剝《む》いている程度で骨折してるようすもない。

「お前、男なんだから転んだぐらいでビャービャー泣くなよ」

そう言うと、男の子は唇を歪《ゆが》めて俯《うつむ》いてしまう。

「章悟」

そうっと近づいてきていた力也が、俺に絆創膏《ばんそうこう》を手渡した。と、気配に気づいた男の子は、力也を見上げてびくっと肩を揺らした。

途端に力也は、逃げるように俺たちのそばから離れていってしまう。

俺はなんだかやりきれない思いで、ため息をついた。

擦り剝いた膝に絆創膏を貼《は》ってやりながら、脅かさないように聞いてみる。

「……なにビクついてんの？」

だって、と男の子は口籠《くちごも》った。

「あの人、なんか怒ってるみたいで怖い」

離れた場所で待っている力也をちらちらと見ながら、彼はそんな憎らしいことを言う。

「怒ってないよ。あいつは、もとからああいう顔なの。お前が転んで泣いてんの、見つけたのはあいつだし、これだってわざわざ持ってきてくれたろ？」

責めるでもなく口にしたが、初対面のガキにわかれというのは無理な話だったのかもしれない。

男の子は落ちていた鞄を拾うと、後ろも見ずに駆け出してしまった。俺の手に、絆創膏の包み紙だけが残った。

──こんな時、どうしても思い出してしまうことがある。

それは、一番古い記憶──幼稚園のころの思い出だ。

当時から力也は〝ひまわり組〟の中でも一番身体が大きくて、無愛想なガキだった。でももちろんその時は、まだ彼は今ほど人嫌いでもなければ、周囲を拒絶してもいなかったのだ。

みんなで外で遊んでいた時、同じ組の女の子の一人がジャングルジムから落ちた。自分で滑って落ちたのだ。たまたまそばにいた力也は、どうやら彼女を助けようとしたらしいが、そのへんはしょせん幼稚園児だ。到底間にあわず、地面に激突した彼女は火が点いたように泣き喚《わめ》いた。

その声に驚いて集まったほかの連中は、みんな力也が彼女を落としたのだと一方的に思い込んだ。彼女はわあわあと泣くばかりで、事情を説明できる状態じゃない。

幼稚園の先生は、力也に「どうしてリカちゃんを突き飛ばしたの？」と聞いた。

第一声がそれだったせいで、力也はずいぶんショックを受けたのだと思う。それきり彼は黙り込み、なにを聞かれても答えなくなってしまった。

その時俺は「力也が悪いんじゃねーよ」と先生にキックをかました。だって、力也が女の子を突き飛ばして落とすようなヤツじゃないってことを、俺はよく知っていた。

真相はわからないまでも、彼がやったんじゃないってことはわかってる。

俺は「力也はなんにもしてない。突き落としたりしない」となおも先生に殴りかかり、体当たりして――ものすごく叱《しか》られた。

結局その日迎えにきた俺と力也の母親が残されて、先生に注意を受けるハメになった。

でも俺はずっと「力也じゃねーよ」と言い続けていたし、とりあえず母親たちは俺の言葉を信じてくれたんだと思う。

翌日には落ちた女の子も落ち着いて、自分で足を滑らせたことがハッキリした。だけど、だからってあとから謝られても、もう力也の心はズタズタに傷ついてたんだ。

身体が大きいとか、可愛《かわい》げがないとか、そんなことで力也はしてもない罪を被《かぶ》せられ、信じてもらえなかった。母の話では、そんなことは実はそれが初めてじゃなかったらしい。外見で判断されることを、幼かった力也がどう思い、考えたのか、本当のところはわからない。

だけど、彼はそれをきっかけに周囲を受け入れなくなった。信じなくなった。

ただ一人無実を訴え続けていた俺と、家族を除いて。

俺も、力也を傷つけたあの時の先生や友達を許せないと思ってる。あんなことがなければ、現在の力也はもうちょっと違っていたのかもしれないのだ。

だから――俺は彼の信頼を失いたくない。一生彼のそばにいて、周囲とのパイプ役に徹したっていい。

死ぬまで、俺たちは親友なんだ。

「力也」

塀に凭《もた》れて待っている彼に、俺はふざけてじゃれついた。

「腹減ったなー、なんか食って帰ろ?」

ああ、と彼は頷いた。

幼馴染みの俺だけの特権。力也のよさは、俺だけが知ってる。彼がそれでいいと言うのだから、俺だけがわかっていればいいのだ。

どうかこれ以上、彼が傷つくことのないように。

□■□

長身の力也が思いきりジャンプする。

彼の手から離れたボールは、四方から伸びた腕の隙を突いて、ゴールへと叩《たた》きつけられた。シュートが決まるのを確かめもせず、力也は再び走り出す。

観客席《ギャラリー》からキャーッと歓声が上がった。

力也の活躍に、俺だけじゃなく観客みんなが大興奮だ。普段遠巻きにしてる連中も、こういう時だけは遠慮なく大騒ぎする。

きっとみんな本当は、力也に親しく声をかけたり仲よくしたいんだろうなぁと、なんとなく思った。力也が自身を覆う殻を脱ぎ捨てれば、周囲は彼を大歓迎するかもしれないのに。

試合は力也の活躍で、瀬央高ペースで進んでいる。このまま行けば、久々に瀬央高《ウチ》の勝利だ。

「力也ーッ！　走れ走れ！　決めろーッ!!」

女子の甲高い叫び声に負けないように喚くと、彼はちらりと俺を見た。そうして、カットしたボールをかなり離れた位置からシュートする。

「スリーポイント!」

観客たちが狂ったように騒ぐのを気にも留めないようすで、力也はその後も立て続けにシュートを二本決め、勝負は呆気《あっけ》なくついた。

瀬央高の圧勝だ。

試合終了の笛が鳴り、選手たちが集合して礼をする。

悔しそうな桑原一高のメンバーにひきかえ、瀬央高の面々は大喜びだ。その中で——力也だけが嬉《うれ》しそうな表情一つ浮かべずに、騒ぎの輪から外れてさっさとコートをあとにする。

いつも、そうだ。

彼は、勝利に酔い痴《し》れる選手たちと一緒に手を取りあったりしない。

一人冷めた顔をして、試合が終われば役目も終わりだと言わんばかりに立ち去ってしまうのだ。

そして薄情なことに、彼が立ち去るのを誰も引き止めない。

俺はいつもどおりに観客席を離れて、力也のあとを追いかけた。一生懸命頑張った彼を労《ねぎら》うのが、俺の役目だ。

「力也!」

体育館から更衣室に向かう渡り廊下で彼に追いつき、俺は手にしていたタオルを差し出そう

KUWAHARA
21

とした――のだが。

「はい！」

一瞬早く俺の横から細い腕が伸びて、力也に向かって突き出される。その手の先には、俺と同じくタオルが握られていた。

力也はギョッとしたように、僅《わず》かに視線を泳がせた。俺も慌ててその腕の主へと、顔を向ける。

「使って。すごい、大活躍ね！　いい試合だったわ。お疲れさま！」

俺の隣に立っていたのは、見覚えのない女子だ。顔はまあまあ可愛くて、すらりとスリムな体型をしている。でも、ちょっと気が強そうな感じ……？

だって、力也を前にビクつかないどころか、臆《おく》さず声をかけてくるなんて女子、滅多にお目にかかれない。

さすがの力也も驚いているのか、いつもの〝近づくなオーラ〟も出さず、勢いに押されてタオルを受け取ってしまった。

「樋野くん、もう帰っちゃうの？　バスケ部の人たち、今日は打ち上げだって騒いでるよ」

馴《な》れ馴《な》れしく話しかける彼女を、力也はギロリと見た。今まではこれで睨《にら》んでいると勘違いして、泣きそうになる女子も多かった。

　でも、彼女はケロリとして、「あっ」と声を上げた。

「そっか、名前も言わずにゴメンナサイ。私、斉藤里菜《さいとうりな》。２－Ｃ、出席番号二十八番」

　そう言ってペコリと頭を下げる。力也は珍しくちょっと面食らっているように見える。どう対応したものかと迷っているみたいだ。

　こういう時には俺が助け船を出さなくちゃ、と口を開きかけたのだが。

「あ、樋野くんのことはよく知ってるから。っていっても、ちゃんと見たのは今日が初めてなんだけどねー。クラブの試合とか、今まであんまり興味なくて見にいかなかったの。樋野くんの噂《うわさ》はいろいろ聞いてたんだけど、噂以上に格好イイよね。それに、なんだかイイ感じ。バスケ部の人たちにいろいろ気を遣われたり、お世辞言われるのが嫌で、捕まんないうちに出てきちゃったんだよね？」

　ペラペラと捲《まく》し立て、彼女は大きな瞳をくりんと動かした。

「ねえ、じゃあこっちはこっちで打ち上げやろうよ。三倉くんも行くでしょ？」

　いきなり斉藤は俺に視線を向け、決めつけるように口にする。

「う…うん」

　気迫負けして、うっかり頷いてしまった。途端に彼女は我が意を得たりとばかりに、相好《そうごう》を崩す。

「ねっ、三倉くんも行きたいって。行こ？」

——いや、俺は行きたいと言ったわけでは…。

だが、力也にしてみれば、俺が行くというのに拒む理由もないと思ったのだろう。

「わかった」

と小さく答え、着替えてくるからと更衣室に姿を消す。

俺は斉藤と二人、渡り廊下に残った。

「変な女、って思ってるでしょ」

ふいに彼女は口を開く。

「え…？」

「突然話しかけてきて、図々《ずうずう》しいって思ってる？」

俺は曖昧《あいまい》に首を傾《かし》げた。

「だって……勝った途端、みんな樋野くんのこと眼中にないんだもん。あれじゃ樋野くん可哀相。私、樋野くんみたいな人は、もっともっと大事にされていいと思うんだ。なんでもできるし、格好イイし。あれでもうちょっと愛想がよかったら、きっと超人気者だよね」

驚いた。

俺が普段から思ってることを、そのまま台詞《せりふ》にしたみたいだった。そうして、彼女はなおも言葉を継ぐ。

「でも、きっと愛想がいいなんて樋野くんらしくないんだよね。樋野くんはあのままのほうがいいと思うし、みんなが理解してくれればいいのにね」

「……お前、ホントにそう思う?」

信じられない気持ちで聞いてみる。斉藤はハッキリと頷いた。

「思うよ。だって、三倉くんだってそう思ってるでしょ?」

「それは、もちろんそうだけど。俺以外にもそう思ってるヤツと会ったの初めてだから、ちょっとビックリした」

ふふん、と彼女は得意げな笑みを浮かべる。

「そりゃ……私、ああいうタイプ好きなんだもん」

あまりにもあっけらかんと言われるのに、どう答えたものかと戸惑った。

好きなタイプ——それって、力也が好きって言ってるんじゃなくて、たまたま力也が好きなタイプだって意味だよな?　でも、それって……どれだけ違うんだ?　同じじゃねーのか?　ってことは、斉藤は力也のことが好きだと、親友の俺に告白したってこと?

「そんなに深く考えなくていいよ。あ、樋野くん来た!」

彼女は「樋野くーん」と声を上げて、ヒラヒラ手を振っている。

もしかしたら斉藤は、俺たちが初めて出会う力也の理解者なのかもしれなかった。俺は彼女の出現を喜ぶべきなのだろうか。

俺以外に、力也をわかってくれて受け入れようとする人間がいる。それなのに——なんだか喉《のど》を塞《ふさ》がれたように嫌な気分なのはどうしてだろう…？

斉藤と別れて、力也と二人並んで家までの道程を歩きながら、どちらからともなくため息をついた。

「……疲れた？」

そう力也が聞いてくる。

「ちょっとな」

正直に俺は答えた。

三人で、学校から少し離れたところにあるアイスクリームショップに入った。小さな丸テーブルを囲むように座って、ダブルのアイスを食べ終わるまでの間、喋《しゃべ》っていたのはほとんど斉藤だった。

口を挟む隙がない。

普通、会話っていうのはキャッチボールだと思うんだが、俺はまるでボールをぶつけられる壁になった気分だった。話し相手が息をしている時が、相槌《あいづち》を打ったり言葉を挟むタイミングのはずだけれど、どうやら彼女は鼻で息をしているらしい。

「よく喋る女だったな」

ぶっきらぼうに言いながらも、俺は力也がそれほど気分を害していないことを悟る。

まあ、彼にしてみれば、普段から俺といても聞き役に回ることが多いし、喋る相手が変わっただけでそれほど違和感がないんだろうか？　それとも、聞き慣れた俺のお喋りと違って、かえって新鮮だったりして？

それに加えて——斉藤は、ちっとも力也を怖がらないどころか、なんだか彼のことをものすごくよく理解してる感じだった。

一人でベラベラ喋っているわりには、あれこれとよく気が回る。たとえば——力也が興味なさそうなようすをちらりと見せれば、敏感に気づいて話題を変えてみたり。「帰ろうか」と言うタイミングも、力也が飽きてそっぽを向く寸前という絶妙さだった。

「でも、なんか面白かった」

——ほらね、力也も珍しく気に入ったみたいだ。

「だよな。変な女だったけど、けっこうイケてた」

俺もそれとなく同意する。

この俺を無口にさせるなんて癪《しゃく》だけど、力也を怖がらない女——それだけで、悪いヤツじゃないと思ってしまうのだ。

これは、力也が幼稚園時代のトラウマを乗り越えるいい機会なのかもしれない。俺以外の人間と接することで、なにかが変わるような予感がする。

それは、力也のためになるはずなのだ。

「力也、ああいうタイプ好き?」

あっけらかんと聞いてみると、彼は眉を顰めて唇を引き結んだ。

「顔はまあまあ可愛かったよな。スタイルも悪くなかったし。性格は……ちょっとうるさいかもしれないけどさ」

本当は、ちょっとどころじゃないかなーと思わないこともないけど。

でも、力也が喋らないぶん、あれぐらいでもいいのかもしれない。俺とだと絶対にぶつかると思うけど。

力也は肯定はしなかったけど、否定もしなかった。

それをいい傾向だと思う反面で、ほんのちょっぴり面白くないような気もしてる。これは、独占欲みたいなものだろうか?

子供のころからずっと力也の視界には俺しかいなかったから、突然現れたもう一人に俺のほうが面食らってる。だからってここで俺が足踏みしたら、力也はいつまで経っても自分の作った殻から出てこないだろうし。

社交的とまではいかなくても、せめて周囲を拒絶しなくなれば、力也はもっとすごくなる。

そうしたら——。

俺はどうなるのかな、とふと不安になった。

優秀な力也と、平均スレスレの俺。力也が俺を必要としなくなっても、一緒にいられるんだろうか。

「章悟」

低い声に名前を呼ばれた。

顔を上げると、彼が「どうした?」と言うように視線で問いかけてくる。

突然俺が黙り込んでなにやら考えていたものだから、心配してくれてるんだろう。

「俺たちってさ…」

ニカッと笑って、不安の種をすぐに口にする。

腹ん中に抱え込んで、あれこれ一人思い悩むのは性にあわない。疑問があればすぐに聞くし、言いたいことはちゃんと言う。そうすれば、お互い疑心暗鬼になることなんかない。

「これからもずっと、一番の友達だよな?」

なにを今さら、と言いたげに、彼は眉を上げた。

「力也に彼女ができて、俺も誰かとつきあうようになって……でも俺らは変わんないよな?」

「あたりまえだ」

怒ったように、彼は言った。

俺はへへへと笑いながら、彼に身体を軽くぶつける。

そう、あたりまえなんだけど、ハッキリ力也に言ってほしかった。そして彼も俺がそんなふうに思ってる時は、ちゃんと口に出して言ってくれるのだ。

大事な大事な力也。今までどおりこれからだって、俺たちは一緒に歩いていく。足並み揃《そろ》えて大人になれたら——それは難しいことかもしれないけれど。

夕日に照らされて、俺たちの足元に長い影が揺れる。体格の差を思い知らせるように、力也の影は大きくて、俺の影はヒョロヒョロと小さい。

同じ位置に並んでいるはずなのに、俺はずいぶんと後ろにいるようにも見える。

ただの目の錯覚なのに、まるでこれからの自分たちの姿を示唆《しさ》するようで、俺は不安を吹き飛ばそうとその場で思いきりジャンプしてみた。

当然、自分の影は追い越せない。

翌日、教室内は騒然としていた。

みんなが動揺するのもわかる。だって、自席についた力也の前に、斉藤がちゃっかり座ってる。それも、椅子《いす》に反対向きに座って力也と向かいあっているのだ。

最初は俺も一緒にいたのだが、なんとなーく居辛かったのと、こういう場合は気を利かせたほうがいいのかもしれないと、さりげなくそばを離れてしまった。

だって——斉藤が力也を狙《ねら》ってるのは見え見えだし、それを彼が嫌がっていないのなら、俺はただの邪魔者じゃん？

「なあ、どうなってんの、あれ」

まるでツチノコでも発見したような顔をして、何人かの男子が俺に聞きにくる。

「……どうなってんのって、見たまんま。いい雰囲気だろ」

俺はさらりと答える。

「いい雰囲気っつーか……なんか異様じゃねぇ？」

「そうそう、さっきからあの女……Cの斉藤だっけ？　一人で喋って一人で笑ってるぜ」

「そうか？　力也も時々頷いてるし、楽しそうじゃん」

俺の言葉に、みんなは首を傾げた。

「わかんねー…」

「っていうより、俺は樋野が三倉以外の人間と一緒にいるっていう構図が驚きだな」

「そうだよな。あいつ、よくビビんねーよな。俺、樋野にギロッと睨まれるとチビりそーになるもんよ」

みんな口々に、勝手なことを言う。

「力也は睨んだりしてねーよ。もともとそういう目つきなの。なんにもしねーのに、なんでみんなそんなにビビるんだよ。力也に対してそれは失礼だろ」

「わかってるよ。怒んなよ～」

まあまあ、と連中は俺を宥《なだ》めにかかった。頭やら肩やらを撫《な》でられて、俺はフーッと毛を逆立てる。

「三倉ってば、馴れてねー野良猫みてぇ。らしくねーぞ、愛想だけが取柄なんだからさ」

「愛想だけで悪かったな！」

「悪かねーよ、三倉はそうでなくちゃ」

わやわやと弄《いじく》り回されていたら、いきなり力也が俺を呼んだ。

「章悟」

　こっちに来い、と彼の目が言ってる。

「なに?」

　なにか用事かなと思いながら近づくと、斉藤がじろりと俺を一瞥《いちべつ》した。その眼光の鋭さに、なんとなく気圧《けお》されてしまう。

　と、その時予鈴が鳴った。

　彼女は慌てて立ち上がり、「じゃあ、またお昼休みにね」なんて言い残して、教室を出ていく。

　昼休みに一緒に飯を食うつもりらしいが、俺はどうすりゃいいんだろう? 三人で食べるべき? それとも、二人だけにしてあげたほうが……いいよなぁ、やっぱり。

　結局、本鈴が続けて鳴ってすぐに担任が入ってくるのに邪魔されて、どうして力也に呼ばれたのかの理由はわからないまま、俺は自分の席についた。

　ただ——力也が斉藤を邪魔だとかうるさいとか思って、俺に助けを求めたわけじゃないことは確かだ。

　俺の目には、力也は斉藤を自分のテリトリーに入れたように見えた。俺と同じ場所に、俺以外の人間が初めて立ったのだ。

授業を半分上の空で過ごして、昼休み開始のチャイムが鳴るなり俺は席を立つ。

「章悟？」

慌ただしく廊下に飛び出そうとした俺を、力也が呼び止める。

「購買！　弁当、さっき食っちゃったから、パン買ってくる！」

そう喚くと、周囲から失笑が起こった。

「三倉、よく食うよなー」

「食ってるわりに、身につかねーし。燃費悪いんじゃねーの？」

四方からの声に、うるせーよと言い返して教室を出る。購買部までの道程を猛ダッシュし、なんとか調理パンをゲットした。

——さて、どうするか。

このパンを持って、教室には戻らずにどこかに行ってしまおうか？

今ごろ力也は俺が戻るのを待っているかもしれないが、たぶんそのそばには斉藤がいるだろう。そう考えると、ちょっと足が重くなる。

だって、三人で食事だなんて……なんとなく気が進まない。俺って心が狭いのかなぁ。そんなことないよね？　こういう場合、気を利かせてあげなきゃいけないわけだし。

そんなことを考えながら、ノロノロと歩いていたら、廊下の曲がり角からふらりと誰かが姿を現した。ギョッとして立ち止まると、目の前にいたのは、教室で力也といるとばかり思っていた斉藤だ。

「……お前…」

「ちょっといい？」

まっすぐに俺を見て、彼女は言った。

「いいけど…？　お前、力也んとこ行くんじゃねーのか？」

なんでこんなとこにいるの？　という質問を口にする前に、斉藤は俺に話があるのだと言う。

「話？」

なんだろうと、首を傾げた。

だって、昨日からずっとこいつの眼中には、俺は入ってなかったじゃん。

「三倉くん、樋野くんとは幼馴染みだって言ってたよね」

体育館に向かう渡り廊下の途中で立ち止まり、彼女は話し始めた。昨日と違って一方的に喋るのではなく、ちゃんと俺が答えるのを待っている。

ということは、いつも他人の話を聞いていないわけでもないんだな、と思った。だとすれば、昨日一方的に捲し立てたのはなんらかの意図があってのことか？

「ねえ、ずうっとあんなんだったの？」

「あんなん…？」

「樋野くんの通訳っていうか、仲介人っていうか」

ああ、と俺は曖昧に肩を竦《すく》める。

「力也、人嫌いなとこがあるから」

「だから、三倉くんが間に入って取り持ってたんだ？」

「そんなとこかな」

彼女は難しい顔をして黙り込んだ。

「それがなにか？」

「三倉くんは、それって樋野くんのためだと思ってやってた？」

斉藤の口調は、少し非難めいた響きを帯びている。

「そうじゃないよね。そんなこと続けてたら、樋野くん駄目になっちゃうと思わない？　わかってて、やってるの？」

「駄目にって…」

そんなことぐらいもう何度も思っていたのだが、素直に認めるのはなんだかちょっと嫌だった。

　なぜだろう？　斉藤の言うことはもっともなのに、頷くのが躊躇《ためら》われる。

「三倉くんがフォローするから、樋野くんの排他的なとこがどんどん増長しちゃってるんだよ。そうやって、樋野くんが内に籠《こも》っちゃったらどうするの？　頭よくてもスポーツできても、社会的に順応性がなかったら困るんだよ」

　排他的とか順応性とか、斉藤の言うことはなんだか小難しい。もちろん意味はわかるけど、そんなに話をややこしくしなくてもいいのに、なんて反発したくなってしまう。

「そりゃあ、この先もずーっと三倉くんがフォローしていくっていうんならいいよ。四六時中そばにいて、面倒みてあげられる？　一生だよ？　できっこないよね。三倉くんだって、自分のやりたいこととかあるでしょ？　それ、犠牲にできる？　自分の人生よりも、樋野くんのこと優先できる？」

　ちょっと飛躍しすぎなんじゃねーの？　と俺は呆気に取られてしまう。そこまで今から考えるか、フツー。

「だって、この先なにがあるかわかんないんだからね！　二人がずっと一緒にいられる保証なんかどこにもないんだよ。だったら、三倉くんは幼馴染みとして樋野くんを自立できるように成長させてあげなきゃ。面倒臭くなって放り出した時に、樋野くんが今の状態じゃ可哀相すぎるでしょ。それって、三倉くんのせいなんだよ？　三倉くんの責任だよ！」

「あのさ…」

やっぱりマシンガンみたいに喋り始めた彼女に、そろそろうんざりしてきた。早く結論を言ってほしくて、俺は先を促す。

「……で？　お前、俺にどうしろっていうの？」

「ちょっと距離を置いてみたらどうかな？」

斉藤は俺の顔色を窺うように、上目遣いになった。

「それ……力也から離れろって意味？」

「完全に離れろなんてヒドイこと、言ってるんじゃないよ。ちょっとだけ……加減してほしいってこと。だって、今のまんまじゃ三倉くんの独占状態じゃん！　三倉くんと一緒にいる限り、樋野くんはほかに目を向けない。きっと彼女も作らないと思う。だって、気心の知れた幼馴染みのほうが楽でいいじゃん！　そんなの…」

「斉藤、力也が好きなんだ？」

言った途端、バシッと二の腕あたりを叩かれた。

「嫌ァね！　そんなにハッキリ言わないでよ！」

——やっぱりそうだった。

昨日言ってた〝好きなタイプ〟っていうのは、力也をそういう意味で好きだってことだったのだ。

落ち着いて考えれば、聞くまでもないことなのかもしれないけど、そうなんだろうなと頭で考えているのと、実際に本人の口から聞かされるのでは、多少ニュアンスが違ってくる。

「ねえ、私、樋野くんに嫌われてないよね？　幼馴染みの目から見てどう？」

「……嫌われてはいないと思うけど」

「えっ、ホント？　よかったー!!」

斉藤は満面に笑みを浮かべた。

こういうところけっこう可愛いんだよなー、と思う。

「力也に告白すんの？」

彼女は珍しく口籠り、ちょっと迷ってから頷いた。

「三倉くん、応援してくれる？」

「……うーん…」

「なによ、煮えきらない態度」

「力也次第。こういうのって、結局は本人同士の問題じゃん。俺、他人の恋愛沙汰には関わらないことにしてんの」

邪魔はしないけど協力するのもなぁと、つい素っ気なく言ってしまった。

「冷たいんだ。まあ、確かに幼馴染みっていっても他人だもんね。それじゃあ、私、樋野くんとお昼食べてくる。三倉くん、お昼休みの間は独占権私に譲ってね」

じゃあね、と彼女はひらりとスカートの裾を翻《ひるがえ》した。

「……独占なんかしてねーっつーの」

俺はぼそりとぼやいて、その場でサンドイッチの袋を開ける。全速力で勝ち取った人気の調理パンなのに、あまり美味《おい》しく感じられない。

斉藤にあんなふうに言われる前は、俺だってもっと協力してやろうとか思っていたはずなのに。もしかして、俺ってば天《あま》の邪鬼《じゃく》？

授業が終わり、周囲は一斉に騒がしくなる。

「これからカラオケ行こうぜー」

小林《こばやし》の声に、俺は振り向いた。

「俺も行く」

えっ、とみんなが目を丸くする。

「嘘《うそ》、マジで？　珍しいじゃん、三倉が来んのって」

「…ってことは、もしかして樋野も…？」

力也のほうを窺うようにして、男子の一人が声を潜める。

「違う、力也はほら…」

俺は前扉を顎《あご》でしゃくって示した。

そこには、Cの教室から駆けてきたらしい斉藤が、力也に向かって手を振っている。

「おーっ、ついに女に奪《と》られたのか」

「どっちかっていうと、俺三倉のほうが先に彼女作ると思ってたけどなぁ。お前、意外とモテるじゃん」

「駄目駄目、三倉みたいなタイプは敬遠されるんだよ。独り占めには向かない〝みんなのアイドル〟タイプ」

「そーそー、女より可愛い男彼氏にするなんて嫌じゃん」

みんなはゲラゲラ笑いながら、早く行こうと俺を急《せ》かす。

「じゃあ、あぶれちゃった三倉を俺らが慰めてやるから。思いきり騒ごうぜ」

それもいいやと俺は愛想よく笑い返して、彼らと連れ立って教室を出る。

「章悟」

力也の呼ぶ声がしたけれど、俺はわざとそれを無視した。

だって、今力也のそばには斉藤がいる。わざわざ振り返って確かめる気にはなれない。


唄って踊ってはしゃいで騒ぎ捲ったけど、そうしている間も頭のどこかが冷めていた。楽しいんだけど、なんだか物足りない。

力也はこういう騒がしい場所があまり好きじゃないし、クラスのみんなと遊ぶなんてもちろん駄目だから、俺も今までは誘われてもほとんど断っていた。

無理をしていたわけではなく、ただ俺にとってクラスの友人たちよりも、力也のほうが優先順位が上だっただけのことだ。

それでも何度か力也に「行ってくれば?」と言われてつきあったこともあったけど——今日に比べれば、もうちょっと楽しかったような記憶がある。今日は……なんだかつまらない。

騒げば騒ぐほど、どんどん心が冷えてきて空《むな》しくなってくるのだ。

結局、俺は途中でカラオケボックスを抜け出した。籠った空気とやけにデカい音量のせいでか、ちょっと頭が痛かった。

秋の日暮れは早く、外はもう薄暗い。

夕飯の買い物客で賑《にぎ》わっている商店街を通り抜けようとして、俺はなんとなく足を止めた。

車道を挟んで向こう側にあるスーパーの前で、幼稚園ぐらいの女の子が一人うろうろしている。

母親とはぐれたんだろうかと気になって、立ち去り難くなってきた。ちょっとだけ、とようすを見ていると、少女はバタバタと店の前を走り回り、少し離れた場所で立ち話をしていた母親らしき女性にじゃれついた。

「…なんだ」

迷子《まいご》じゃなかったのだとホッとして、そのまま通り過ぎようとして……。

少女はまた走り出した。前も見ずにちょこまかと駆けて——一人の男にぶつかって、勢いよく尻餅《しりもち》をついた。背の高い、まだ若い男だ。服装からすると、大学生だろうか?

彼は慌てて少女を起こそうと、身体を屈《かが》めた。その瞬間、少女は大声で泣き喚いた。

「おいおい…」

勝手にぶつかって転んで、あんなふうに泣かれたのでは誤解されるんじゃないか？　と思っていたら、案の定母親らしき女は血相を変えて飛んできた。

俺には関係のない話だと思う。俺は行きずりの通行人にすぎないし、ここで口を挟むのはよけいなお節介でしかないだろう。だけど……なんだかほっとけなかった。

大学生の男が、まるで昔の力也のように見えたのだ。

このままほっといたら、きっと彼はあの母親に責め立てられるに違いない。

俺は慌てて道を横断し、スーパーの前に近づく。案の定、歩道に辿《たど》り着く前から少女の母親の金切り声が聞こえてきた。

「こんな小さい子を突き飛ばして泣かせて、なにが面白いんですか！　恥ずかしいと思わないんですかっ」

やっぱり思ったとおりだと、さりげなく男の横顔を見ると、呆《あき》れたような表情を浮かべながらもどこかあきらめたようすで。

そんな顔つきが、なおさら力也を連想させる。

「怪我してたらどうするんですっ。警察に…」

「おばさん、その人なんにもしてないよ」

俺は声を張り上げた。

母親はギッと俺を睨みつけ、男はキョトンとこちらを見る。少女は地べたに座り込んだまま、まだ泣いている。

「おばさんさー、喋るのに忙しくて自分の子供ちゃんと見てなかったろ。だから、事情がわかってねーんだよ。その子、こんな狭いとこで走り回ってたんだよ。そんで、この人に勝手にぶつかってひっくり返っただけ。こんだけ体格差があるんだもん、弾《はじ》き飛ばされてあたりまえ。でも、この人には責任ねーだろ?」

「な、なに、あなた…」

「俺、あっちの歩道でずっと見てたんだよ。子供がウロウロしてて危ないなーって。親はなにしてんだろうなってさ。こういう混雑したとこでは、ちっちゃい子から目ェ離さねーほうがいいんじゃないの?」

母親の顔がカーッと赤くなった。怒りのせいなのか、羞恥《しゅうち》のせいなのか。

「あなた、なんなのよっ。と、突然、そんな……アユちゃんっ、立ちなさい! 行くわよ!」

いつのまにか泣きやんでいた子供の手を引っ張って立たせ、母親はそのまま背を向けて立ち去ろうとする。

「ちょっと、この人に謝っていきなよ。誤解してすみませんってさ。無実の罪で責めといて知らん顔かよ? それに子供のほうも、〝ぶつかってゴメンナサイ〟だろ?」

呼びかけたが、答えはなかった。彼女はもう振り向きもせずに、すごいスピードで歩いていってしまう。

「……最悪だな」

ふうと息をついて、俺もくるりと踵《きびす》を返そうとした。

「わざわざ、悪かったな」

ぼそりと声をかけられた。ありがとう、と言われて、俺は男を見上げる。

「…いや、お節介でよけいな口出して…」

「助かった」

無表情に、抑揚のない声が告げる。そのぶっきらぼうさが、また力也を思い出させて俺は苦笑する。

「なんで…」

「うん?」

「なんで言いわけしなかったわけ? 俺はなんにもしてない、この子供が勝手にぶつかってきたんだってさ」

男は、ボリボリと頭を掻《か》いた。

「ああいう母親は、人の話なんか聞かないだろう。いちいち言い返すのも面倒臭かった。言うだけ言ったら満足して帰るだろうし」

俺は噴き出した。

やっぱり、似てるかもしれない。きっと力也なら、同じことを言うだろう。

ってことは、この男も力也と同じような目にあったことがあるんだろうか。今みたいに、信じてもらえずに一方的に責め立てられたことが……。

ふいに彼は背を向けて、そばの自動販売機にコインを入れる。そうして缶コーヒーを二本買うと、一本を俺に差し出した。

「……ありがとう」

礼のつもりなのかなと思いながら、それを受け取る。

「ねえ」

そのまま彼が背を向けるのに、俺はなんとなく呼び止めた。

「こっちに公園、あるよ」

彼は立ち止まったままじいっと俺を眺めて、それからゆっくりと足を踏み出した。俺が指差した方向に。

特になにを話すでもなく、誰もいないブランコに隣りあって座り、それぞれ缶コーヒーに口をつけた。

初めて会ったような気がしないのは、やっぱり雰囲気が力也に似ているからなのかな。

彼は彼で、俺のことを変なガキだと思っているだろうか。

「お前、その制服…瀬央高?」

当てられて、そうだけど、と口籠る。

「何年?」

「二年」

フーン、と彼は頷いた。

「もしかして、卒業生?」

「そう」

「じゃあ、先輩じゃん。…えーと……俺、三倉章悟、…です」

名前を聞こうとして、まずこういう時は自分から名乗るべきだよな、と口にする。

「一昨年卒業したんだ。俺は、斉藤淑人《としひと》」

「斉藤…?」

あまり聞きたくない名前を告げられて、思わず聞き返す。まあ、日本で何番目かに多い名字なんだから、しょうがないけどさ。

「じゃあ入れ違いなんだ。名前で呼んでいい? 淑人さんは大学生?」

彼はちょっと面食らったような顔つきになった。確かに、初対面なのに馴れ馴れしいかも。

でも、〝斉藤さん〟とは呼びたくないのだ。

「H大学二年」

「すげー、ストレートじゃん」

「もうすぐ休学するけどな」

なんで、と聞くと、あっさり「留学する」と言われた。

頭のいいところまで、力也に似てる。

「お前、物怖《ものお》じしないな」

ふいに、彼はそう言った。

「え?」

「怖くねぇのか? 俺、けっこう怖がられるんだよ。仏頂面だし、子供にもさっきみたいにたいてい泣かれる」

思わず笑ってしまった。

「だって、俺、慣れてるし」

隠すほどのことでもないから、正直に打ち明ける。

「俺の幼馴染み、淑人さんみたいなタイプなんだ。本当は優しいのに、見た目で周囲から誤解される。そのせいで俺以外に友達作んなかったんだけどさ」

「過去形?」

鋭い切り返しに一瞬面食らい、俺はコーヒーの缶をゴミ箱に投げ入れて、勢いよくブランコを漕《こ》いだ。キィッと軋《きし》むような音がして、風がふわりと頬《ほお》を撫《な》でる。

「そー、過去形。そいつに、彼女ができた」

「置いてけぼりか?」

「うーん……」

そうかも、と呟く。

「俺もさっさと彼女作っちゃえば、問題ないのかなぁ」

「水を差すようだが、お前みたいに一見人懐っこく見えるヤツほど、実は人見知りするんじゃないか?　好みも難しいだろ」

低いボソボソした声が、またまた鋭いところを突いてくる。

答えに窮していると、彼はふいに立ち上がった。

「じゃあな。早く帰れよ」

それだけ言って、振り向きもせずに彼はさっさと歩き出した。

「あ、ちょっと…」

慌てたけれど、ブランコは急に止まらない。大きく揺れているのを、地面にザーッと足を擦って止め、飛び下りる。咄嗟《とっさ》に彼のあとを追いかけようとして——追いかけてどうするんだ?

と思い直してやめた。

名乗りあったとはいえ、知らない大学生だ。ちょっとだけ力也に雰囲気が似てて、興味を引かれた。それだけだ。

家に帰って、部屋の電気を点《つ》けるなり携帯電話が鳴った。表示画面に、力也の名前が記されている。

「もしもし？」

受信しながら、窓際に寄る。

カーテンを開けると、窓ガラス越しに力也の部屋の明かりが見える。向こうも窓際に立っているけれど、残念ながら話ができるほどは近くない距離だ。

子供のころは、お互いに声を張り上げて、よく親に「うるさい」と怒られた。携帯電話のおかげで、最近はテレビ電話みたいにこうして手を振りながら、内緒話もできるようになったけれど。

『遅かったな。小林たちと一緒か？』

「うん。カラオケ行って…」

一瞬言おうかどうしようか迷って、結局淑人のことは言わなかった。言うほどのことでもないと思った。

だいたい、力也に似たタイプの男を見つけて、公園で喋ってて遅くなったなんて、なんか変じゃん。初対面の人間相手に、愚痴なんか零《こぼ》してさ。力也と一緒にいられないのが淋《さび》しかったんじゃないかと思われるのは、格好悪い。

「そんなことより、斉藤どうした？　帰り一緒だったんだろ？」

ごく普通に、友人の恋の行方《ゆくえ》が気になる風を装って聞いてみる。本当は——興味はあるけど、そんなに聞きたいほどでもない。聞かなくても目を瞑《つぶ》れば、誇らしげな斉藤の顔が浮かんでくるほどなのだ。

『駅までな』

素っ気なく、力也は答えた。

「どっか寄り道しなかったのかよ」

『べつに』

「斉藤に告《コク》られなかったのか？」

告られた、と彼はつまらなそうに言った。

「じゃあ……——どうするんだ？　つきあうことにした？」

『よくわからない』

「……わかんないって…なんて返事したんだよ？　っつーか、力也は斉藤のことどう思ってんの？」

電話越しに、彼は黙り込む。

俺は窓を開けて、手摺《てすり》に身を乗り出した。力也も同じように窓を開け、窓枠に腰を下ろす。

『考えてみたこともなかったから、ピンと来ない。斉藤にもそう言った』

今度は俺が黙った。

『あいつは、わかったと言っていた』

「……フーン」

どうするの？　と聞いてみる。なんだか俺までわからなくなってきた。

俺は、力也に斉藤とつきあってほしいのか？　それとも、彼女をフッてほしいのか？

『ちょっと考える。どうするかは、考えてからだ』

それは、考える余地があるということだろう。どうでもいい相手なら、きっと考えるまでもなく断っているに違いないから。

力也はきっと真剣に考えて、答えを出すのだろう。

それはいいことだと思うのに、なぜか俺の心にはモヤモヤとわだかまっているものがあった。

それが——つまらない、子供染みた独占欲だってことは、ちゃんとわかってる。

□■□

遊びにいこうという誘いを振りきって、俺《おれ》は一人帰途についた。カラオケやゲーセンで騒ぐ気分にはなれない。

力也《りきや》は例によって、斉藤《さいとう》に誘われて別行動だ。彼は彼女に「考えさせて」と言ったらしいが、斉藤は力也に考えさせる気はないようだ。考える時間を与えまいとするみたいに、彼女は強引に力也の世界に割り込んでくる。

そんなふうに迫られて、力也も断りきれずに押しきられるまま斉藤につきあわされている。

——まあそういうのもアリかもな、と思った。

斉藤は積極的だし、恋愛面でもイニシアチブをとるだろう。力也さえ嫌だと拒まなければ、このまま恋愛関係に縺《もつ》れ込んでしまうかもしれない。

俺も力也のことばっかり心配してないで、自分のことも考えなければならない。

「俺も恋人欲しいなー。……つきあいやすくて、一緒にいると楽しくて、気ィ遣わなくていい……」

そんなに難しい注文じゃないだろうと思いながら、独り言《ご》ちる。

昨日の大学生には〝好みが難しそう〟だの〝人見知りする〟だのと痛いところを突かれてしまったが、それほどうるさいことを言うつもりはない。たとえば——どんな子がいいかなぁと考えたら、なぜか頭にポンッと力也の顔が浮かんだ。

「……なんで力也が出てくるんだ？　つきあうのは、可愛い女の子…」

俺の好きなタイプってどんなんだっけ、と考えてみる。自分の好きなタイプなのに、なぜか思い浮かばない。この前好きになった女子は誰だった？　中学ん時の……。

突然、パッパー！　と車のクラクションを鳴らされて、俺はその場で飛び上がった。

なんだろうとキョトキョトしていると、スーッと一台の車が横付けされて、助手席のドアが開けられる。

「よう」

覗《のぞ》いた顔に、あっと声を上げた。

「三倉《みくら》 章悟《しょうご》…だったかな」

「淑人《としひと》さん！」

「乗るか？　送ってくぞ」

もう二度と会うこともないかも、と思っていたのに、すごい偶然だと驚きながらも、俺はするりと助手席に滑り込んだ。

「嬉《うれ》しいなー。これ、淑人さんの車?」

「いや、借り物」

簡潔に答えて、家はどこだと聞かれる。

「あー……家は、もうそこ。次の角曲がってすぐ。車に乗せてもらうまでもなかったんだよなー……ちぇ…」

つまんないの、と舌打ちする。

「軽く転がすか」

「ホント?」

「どこ行きたい?」

ニコリともしないけれど、彼が気も進まないのに社交辞令で言っているわけではないと、なんとなくわかる。ここで遠慮するのは、かえって失礼だろう。

「じゃあ、レインボーブリッジ渡りたい!」

「レインボーブリッジ〜〜〜? あんなとこ行きたいのか? ついでに、観覧車乗りたいとか言うんじゃないだろうな」

「あ、乗りたい」

言った途端、彼はうんざりした顔つきになった。

「淑人さん、観覧車嫌い？　もしかして高いところが苦手とか？」

そんなんじゃない、と彼は嘯《うそぶ》く。

「…まるっきりデートスポットじゃないか」

「いいじゃん。下見、下見。淑人さんは何度も行ったことあるかもしれないけどさー」

彼は特に否定もせず、ちらりと俺を一瞥《いちべつ》した。

「下見ね。誰かとデートする予定？」

「……そのうちね」

「アテはあるのか？」

容赦なく聞かれるのに、「ねーよ」と唇を尖《とが》らせる。淑人はフフンと鼻先で笑った。

「なんだよ。俺だってその気になれば、女の一人や二人…──どうやったらできんのかなー、彼女」

「おいおい、気弱だな」

好きな子とか気になる子はいないのか、という問いかけに頭を抱える。

「わかんねー。今までずーっと幼馴染《おさななじ》みとばっかりつるんでたからさ。それ以外は、なんかどうでもいい感じで…」

「じゃあ、その幼馴染みとつきあえばいい」

俺は思わず噴き出してしまう。

「あのさ、淑人さん。俺の幼馴染みって男。言わなかったっけ？」

「男だとなんか問題あるのか？」

さらりと聞き返されて、仰天した。

この人、最初からわかっててそういうこと言ってたわけ？

「お前、頭固いな」

「か、固いとか軟らかいとか、そういう問題？　だってさ、普通…」

「人を好きになるのに、枠を決めるのはおかしい」

あたりまえのように、彼は言った。

「……といっても、近親相姦《そうかん》はマズイが」

「キンシンソーカン〜〜〜？」

またまた驚きの言葉を吐かれて、俺はあんぐり口を開ける。

男でも問題ないと言いきったのと違い、彼は苦い表情を浮かべている。そんな横顔を見ていたら、まさか、とある考えが頭を過《よ》ぎった。

「……淑人さんって、実の姉《ねえ》ちゃんとかお母さんを好きだったりする？」

「バカ。違う」

けんもほろろに一蹴《いっしゅう》された。

「じゃあ…」

「妹がいる」

「えっ、い、妹っ!?」

実の妹を密かに愛してるとか、そーゆーヤツ？　それってかなりヤバくない？

「好きなんだ？」

「違う」

「だって……あ、そっか。好かれてるんだ！」

今度は否定されなかった。

どうしよう。好奇心でドキドキしてきちゃった。興味本位でこれ以上首を突っ込むのって、よくないのかなぁ。

「お前、兄弟いるのか？」

「ううん、一人っ子」

じゃあわからないかもな、と彼は呟《つぶや》く。

「うーん……でも、幼馴染みの力也とはずっと兄弟みたいに育ってきたから、もし好きになったりしたら近親相姦に近いものがあるのかも?」

「全ッ然、違う」

そんなに力いっぱい否定しなくてもいいじゃないか、と俺は頬《ほお》を膨らませた。

「腹減ってないか?」

唐突に彼が聞く。

「減ってる」

「じゃあなんか食うか」

「……でも、俺あんまり金持ってないから」

「バーカ」

年下のガキ相手にワリカンなんてセコイ真似すると思うのかよ、と彼は言った。

「えっ、奢《おご》り? ラッキー」

「その代わり、ファミレスな」

言うなり彼は、目についたファミレスの駐車場へと入っていく。

強引だけど、心地好い。あと三年もすれば、力也もこんなふうになるんだろうか。

三年後、俺はどうなってるんだろう。俺と力也は——。

窓際の禁煙席からは、遠くにレインボーブリッジが見えた。ここもそれなりにいい雰囲気だ。

遠慮するなと言われて、ミックスフライを頼んだ。サラダとコーヒーもつけてもらい、ちょっと餌《え》付《づ》けされちゃった気分だ。

昨日偶然知りあっただけなのに、こんなふうに出かけているなんてなんだか不思議だ。それに、まだたった二回目なのに、もう何回も会って話しているように感じるのも。

「あのさー……さっきの話だけど、妹に想われてるのって、ヤバくない？　迫られたらついフラフラッと…」

「なるか、バカ」

それもそうかと考えて、妹のほうはどういう気持ちなんだろうとふと思う。

「一緒にいるからよくないんだろうと、大学入学を機に家を出た。だが、駄目だな。アパートまで押しかけてきて、かえってよくない」

「そうなんだ」

親の目もないし、確かに大胆になっちゃうかもなーと思った。ハッキリその気はないと言っても駄目なんだろうか？　可愛《かわい》い妹相手だと、冷たく拒絶できないのかなぁ。

「勝手に合鍵作って上がり込むし、飯作って待ってたり、部屋掃除して人のもん勝手に捨てたりしてな。……郵便物はチェックするし、メール読んだり携帯の着信記録なんかを調べられて、さすがにキレた」

「それは…」

キレるよな、と納得してしまう。それにしてもスゴイ妹じゃん。

「……もしかして、留学するとか言ってたのって…妹から離れるため?」

当たらずといえども遠からずなのだろう。彼は僅《わず》かに顔を歪《ゆが》めた。

「しばらく離れていれば、状況も変わるだろう」

ぼそりと呟かれたひとことに、俺はなにも言えなかった。そうですね、とはとても言えない。離れれば離れるほど、募ってしまう想いというのもあるかもしれないと思うからだ。会えない距離が、忘れる手助けをしてくれればいいけれど――。


レインボーブリッジを往復してから、家の前まで送ってもらったら、もう九時近かった。礼を言って車を降りようとすると、淑人は思い出したようにぼそりと呟く。

「お前、明日暇?　土曜は休みだろ?」

「休みは隔週土曜だよ。明日は、午前中だけ学校」

「午後は?」

重ねて聞かれ、「暇だよ」と答えた。

「車返しがてら、横浜《よこはま》まで行くんだけどつきあわないか？」

帰りは電車になるけど、と言われて、二つ返事でＯＫした。

「じゃあ、学校の前まで迎えにいく」

「でも……いいの？　一緒に行って」

彼は軽く頷《うなず》いた。

「一人だと眠くなるんで、ヤバイ」

「なにそれ」

「そばでお前が喋《しゃべ》ってると、目が覚める」

考えてみると失礼な言われようだが、嫌味っぽさは微塵《みじん》も感じられなかった。

じゃあ明日、と約束して俺は車を降りた。

テールランプが見えなくなるまで見送って、家に入ろうと足を踏み出し――なんとなく、隣家の窓を見上げた。

力也の部屋には、電気が点《つ》いている。

今日、力也は斉藤とどこに出かけたんだろうか。つきあうことに決めたのかな。

知りたいと思う反面やっぱり聞きたくなくて、俺はポケットから取り出した携帯電話の電源を切った。昨日のように、部屋の電気を点けるなり電話が鳴ったら困るからだ。

力也には悪いけれど、今夜はあまり話したくない。彼の恋の行方を、知りたくない。

□■□

授業が終わるのが、待ち遠しかった。

力也は朝から不機嫌なオーラを醸し出していて、なにか言いたげに俺を見ていたのだけれど、わざと無視してしまった。

休み時間ごとに斉藤もやってくるし、二人だけになれる時間はほとんどない。

HR《ホームルーム》が終わって、俺は担任が出ていくなり鞄《かばん》を摑《つか》んで教室を飛び出す。力也に捕まらないうちにと廊下を駆けると、昇降口近くでバレー部の男子にぶつかった。

「ごめん！」

「あれぇ、三倉じゃん。俺、お前に用事あったんだけどさー」

トロ臭い喋り方に、用なら早くしてくれとも言えず、イライラしながら靴を履き替える。彼がなかなか言い出さないので、こっちから先を促した。

「なに？」

「急なんだけど、来週樋野《ひの》に助っ人頼みたくてさ。欠員ができちゃって」

「それなら…」

今言われても、ちょっと困る。

どうしよう、あとで力也には電話しとけばいいか——と思ったら。

「さっき、…斉藤だっけ？　樋野の彼女。あいつに聞いたらＯＫだって言うからさ」

「え？」

驚いて、俺は一瞬固まってしまう。

斉藤に、取り次ぎを頼んだ？　力也はそれでＯＫしたのか？

彼は、試合の助っ人を好きでやってるんじゃない。俺が頼むから——俺が力也が試合に出てるところを見たいと言ったから、だから出てたんじゃなかったっけ？

こんなことでムッとするなんて、俺って心が狭いかな。

斉藤には、力也を独占してたつもりはないと言ったけど、独占したかったんだろうか？　俺の存在が無視されちゃったことが、なんだか面白くない。そう仕向けたのは俺かもしれないのに、なんでこんなに空《むな》しいんだろう。

「一応、三倉の耳にも入れといたほうがいいと思ってさ」

彼は俺の顔色を窺《うかが》うように、そう言った。

「なんで？　べつにいいよ」

俺は精一杯強がって嘯く。

「だって、俺を通さなきゃいけないことなんかないんだからさ。俺、力也のマネージャーじゃないんだぜ」

そっか、そうだよな、と彼は笑った。一緒になって作り笑いを浮かべたものの、なにがおかしいんだと胸の中はムカムカしている。

「よかったじゃん、樋野に彼女ができて。これで三倉も御役御免だろ？　もう幼馴染みだからって樋野のお守りもしなくていいわけだからさー。自由じゃん」

適当に頷いて、俺は彼に背を向けた。

自由って、なんだよそれ。

俺がいつ不自由してたっていうんだ。力也といることで、嫌だったことなんか一つもないんだ。知りもしないで、勝手なことを言わないでほしい。

不貞腐れて校門を出て、ずんずん歩く。

パッパーとクラクションを鳴らされて、淑人の車のそばを通りすぎていたことに気づいた。

慌ててちょっと戻り、助手席のドアを開ける。

「ゴメン、ボーッとしてた」

「具合悪いのか？」

聞かれて、全然とかぶりを振った。

彼は車を出そうとはせず、じっと俺を見る。そのなにもかもを見透かすような眼差《まなざ》しに、居心地の悪さを感じて、ふと窓の外に目をやった。

そこに意外な人物の姿を見つけ、俺はポカンと口を開ける。

隣で、ふいに淑人が舌打ちした。そうして彼はいきなり車を発進させる。多少荒っぽいハンドル捌《さば》きに、俺は急いでシートベルトを締めた。

どうしたの、と聞くのが憚《はばか》られた。

たぶん彼は、俺が気づくのとほぼ同時に窓の外の人影を見たのだ。

泣きそうな顔をしていた、斉藤里菜《りな》の姿に。

その顔を見た途端、俺は心のどこかで〝やっぱり〟と思った気がする。まさかと思いながらも、もしかしたらという疑いを捨てきれなかったのかもしれない。

「ねー……淑人さんの妹って、斉藤里菜?」

彼はなにも言わない。でも、否定しないのは肯定の意味なのだろう。

なんだか、よくわからなくなってきた。

斉藤が気後れせずに力也に接近してきたのは、淑人に似たタイプだったからか? 彼女はたぶんすごいブラコンで——しかもそれは、兄妹のラインぎりぎりの感情なのかもしれなくて

――それに危機感を持った淑人は、逃げようとしてる。

これは、偶然？　淑人の留学と力也への接近のタイミングは……。彼女は淑人に似てるから、力也を好きになったのか、それとも――。

もっと早く気づくべきだった、と後悔する。危惧《きぐ》しながらも、そんな偶然あるはずないと頭から決めてかかってた。考えたくなくて、俺だって逃げようとしてた。

「お前、あいつと知りあいだった？」

少しの沈黙のあとで、彼は思いきったように質問する。

「……うん。ってゆーか、俺より俺の友達と親しい」

フーン、と彼は気のない返事を寄越す。

「俺、淑人さんから聞いたこと、誰にも言うつもりないよ」

「わかってる」

淑人は静かに呟いた。

なにごともなかったように、穏やかな時間が流れ始める。だけどそれはどこか上滑りで、そらぞらしいものだった。

もう淑人とこんなふうに会うことはないんだろうな、とあきらめにも似た気持ちが込み上げた。

月曜の朝、登校するなり俺は斉藤に呼び出された。

人けのない屋上近くの踊り場で対峙《たいじ》し、彼女はギラギラした目で俺を睨《にら》みつける。

「三倉くんって、ずるい」

開口一番、斉藤はそう言って唇を尖らせた。

なんらかのアクションはあるだろうと覚悟していたものの、責められる意図がわからない。

俺は「なんで」と聞き返した。

「どうして、お兄《にい》ちゃんの車に乗ってたの？」

その質問はある程度予測していたものだった。だからといって、わざわざ経緯を説明する気にはなれない。

「もう兄貴に聞いたんじゃねーの？」

切り返すと、彼女の頬がパッと赤くなる。

「……教えてくれなかった」

悔しそうに唇を噛《か》んで俯《うつむ》く姿に、どうしたものかと俺はため息をつく。聞きたいことなら俺にもある。でも、聞いてもいいものか。それを口にすることで、淑人たちの問題に嘴《くちばし》を突っ込むことになるのはあまり嬉しくない。

「いつからお兄ちゃんと仲いいの？　最近？」

質問が変わるのに、黙って頷いた。

「樋野くんの代わり？　お兄ちゃんが似てるから、それで近づいたの？」

「お前なァ…」

さすがにちょっと呆《あき》れて、言い返さずにはいられなくなる。

「それは、お前のほうだろーが。俺が淑人さんに会ったのは偶然だよ」

「淑人…さん？」

信じられない、と斉藤は呟く。

「三倉くんって、やっぱり図々《ずうずう》しい。最近会ったばっかりっていうのが本当なら、ちょっと馴《な》れ馴《な》れしいんじゃないの？」

お前と同じ名字を呼びたくなかったのだという言葉は、さすがに口にできない。いや、するべきだったのか？　でも「どうして私を毛嫌いするの？」と聞かれたら答えようがない。

「お兄ちゃん、私は車に乗せてくれなかったんだよ。借り物だから駄目って言ってたのに、なんで三倉くんのことは乗せるの？　金曜日の夜も、もしかして一緒だった？」

もう答える気は失《う》せてしまい、俺は黙ってそっぽを向いた。でもそんな俺の態度は、徒《いたずら》に彼女の怒りを煽《あお》っただけだったかもしれない。

「お兄ちゃんにまで色目使うの、やめてよね！」

感情的に、斉藤が怒鳴った。

「色目ェ!?」

なんだよそれは、と俺もつい声を荒らげてしまう。

「樋野くんが、あんたよりも私を選んだからって、仕返しのつもりなの!?」

あんまりな言われように、二の句が継げなかった。なんなんだ、この女は。

「いくら樋野くんのこと想ったって、結局幼馴染み以上にはなれないのよ」

「……お前、なに言ってんの？」

「とぼけなくたって、みんな知ってるわ。たまたま家が隣同士だったってだけで、樋野くんのこと独り占めして…」

バカバカしい言いがかりだと頭ではわかるのに、言い返さずにはいられなかった。こんな侮辱、黙って聞き流せるほど俺は大人じゃない。

「みんなって、誰だよ？　適当なこと言ってんじゃねーぞ。俺は、お前みたいに危なくねーんだよ」

ひくりと斉藤の頬《ほお》が引き攣《つ》る。

「じゃあ聞くけど、お前本当に力也のこと好きなのか?」

言えば追いつめるかもしれないと思って、できれば口にしないつもりの質問だった。でも、もう我慢できない。

「兄貴にタイプが似てたから、代わりにするために接近したんじゃないのかよ。本当は好きでもなんでもないくせに、テメェの好みだけ押しつけて、弄《もてあそ》んでんじゃないのかよっ」

「……だったらどうだっていうの」

小刻みに震える手を握り締め、彼女は気丈に言い返してくる。

「似てるから好きになることがあったっていいじゃない! なにがいけないの?」

開き直ったような態度が、無性に腹立たしかった。

「本当に好きなら、理由なんかどうでもいいさ。けど、本気じゃないならあいつを振り回すなって言ってんだよ。力也はお前が考えてるよりもずっと素直で、まっすぐで…」

――傷つきやすいのだ。

幼稚園の時についた傷を、まだ引き摺《ず》ってる。それを癒してやりたいのに……今度のことがいいきっかけになるかと思ったのに。斉藤がただ、淑人を失うことの淋《さび》しさを紛らわせるだけのつもりで力也を利用しているんなら、いずれはその気持ちに歪みが生まれて、力也を苦しめる。子供の時以上に、彼を傷つける。それでももしも、今よりもっと彼が心を閉ざすようなことになったら。

「本気よ。本気で好きならいいんでしょう？　もう口出さないで！　あんたになんの権利があるのよ？」

「嘘《うそ》つくなよ！　それのどこが本気だよっ。お前なんか、力也には相応《ふさわ》しくない。もう金輪際あいつに近づくな！」

ブチ切れて、そう喚《わめ》いた時だった。

斉藤は両手で顔を覆って、わっと泣き出した。

さすがに言いすぎたかも、と一瞬後悔したものの――背後に人の気配を感じて、おそるおそる振り返る。

そこには、いったいいつからいたのか、力也が立ち竦《すく》んでいた。

「力…」

「樋野くんっ」

泣きながら、斉藤が彼を呼ぶ。

ゆっくりと力也は、俺ではなく彼女に近づいた。

「三倉くんが…っ、三倉くんが、私が邪魔だって言うの。私が樋野くんと一緒にいたら、今までみたいに遊べないって。聞いてたでしょう？　私なんか樋野くんには相応しくないって。だから、近づくなって」

わざとらしいと思わずにはいられないほど、彼女は盛大にしゃくりあげながら訴える。

嵌《は》められたのかもしれない、と思った。だからって、言いわけのしようもないけれど。

力也は、俺が彼女に対して怒鳴った内容を聞いていただろう。どんな理由があったとしても、俺は確かに言ったのだ。

——もう力也に近づくな、と。

そのうえ女の子を泣かせた俺に、いったいなにが言えるだろう。

信じられないと言いたげに、力也が俺に目を向ける。その顔を正視できなくて、俺はくるりと踵《きびす》を返した。

「……章悟」

「樋野くんっ」

力也の呼びかけに、彼女の泣き声が被《かぶ》った。

俺は階段を駆け降りる。

力也は追ってこない。もう、俺を追いかけてはくれない。

朝のＨＲが始まっていた。

教室には行かず、俺はそのまま学校をあとにした。

力也も斉藤もいない場所に行きたい。彼らからできるだけ遠く離れたい。

どんなに自分を正当化しようとしても、うまくいかない。斉藤の涙を見た瞬間に、俺の中のちっちゃな正義なんか消し飛んでしまった。

——違う、正義なんか最初からなかった。

俺は、妬《や》っかんでいたのだ。彼女の言うとおり、子供染みた独占欲を持て余して、力也と親しくなった斉藤が憎たらしくて傷つけたかった。

俺はただのいじめっ子だ。ヒドイ男だ。

そのまま学校をサボって、家に帰った。

幸い母は出かけていたから、あれこれと詮索《せんさく》されることもなく部屋に閉じ籠《こも》り、ベッドに潜り込む。

考えても考えても、混乱するばかりだ。

俺を責めるように見た力也の目と、斉藤の泣き顔ばっかりが浮かんでは消える。

そうして——いつのまにか俺は、考え疲れて眠ってしまっていたらしい。

コトンと小さな音がするのに、ハッと目が覚めた。

部屋の中はもう薄暗くなっていて、結局一日寝て過ごしてしまったのかと、我ながら呆れてしまう。むくりと上半身を起こし、ふと人の気配がするのにギョッとした。

途端、パッと部屋の電気が点けられる。

「……力也…」

びっくりした。

力也がドアに凭《もた》れて、こっちを睨みつけている。

「ごめん、俺…寝てて…」

いつ来たのだろう、と考える。物音で目が覚めた気がするから、今入ってきたばかりだろうか？

「おばさんに言って、勝手に入った」

ぼそりと彼が言うのに、母がすでに帰っていることを知る。耳を澄ませば、階下から食事の支度をする音が微《かす》かに聞こえてくる。

「うん…」

どう答えたものかと迷いながら、とりあえず頷いた。

力也はものすごく不機嫌な顔をしている。きっと、斉藤を泣かせたことを怒っているのだろうと思った。

事情を聞きにきたのだろうか？　それとも、すでに斉藤から聞いて、文句を言いにきただけ？

どっちにしても、先に謝ったほうがいいかもしれないと判断する。謝ったもん勝ちだ。ごめんと言う俺を、力也も殴ったりはしないだろう……なんて、ちょっとずるい計算もしたりして。反省はしてるけど、やっぱり力也に面と向かって責められるのはつらい。

「悪かったよ。理由はどうあれ、女の子泣かせるなんて……反省してる。あのあと、斉藤どうした？」

「章悟、斉藤の兄貴と親しいって本当か？」

唐突に聞かれて、少し面食らった。

「え？」

「先週帰りが夜遅くなってたのって、そいつと会ってたから？」

どうしてそんなこと聞くんだろう、と不思議に思う。

「それ、斉藤から聞いたのか？」

「本当なのか？　毎日のように会って、ドライブに行ったりしてるって。小林《こばやし》たちと遊んでたっていうのは嘘だったのか？」

俺の質問は無視して、彼はなおも聞いた。

でも、そんなふうに聞かれても困る。

親しいと言えるほど親しいわけじゃないし、車に乗せてもらったのもたった二回だ。毎日会ったっていっても、もうこの先はいつ会うかわからない。二度と会わない可能性のほうが高い。それ以前に、なんで力也がそんなこと聞くわけ？

俺はなんて答えればいいんだ？

斉藤に力也を取られちゃったみたいで、不貞腐れてたらたまたま力也に似た大学生に会って、淋しかったから誘われるままに出かけた――なんて、格好悪くて報告できないだろ。

「なんでそんなことばっか聞くんだよ。力也には関係ねーじゃん」

だから、つい素っ気なく吐き捨ててしまった。

力也の次の行動は、あまりにも突飛で予測のつかないものだった。

彼はいきなり俺に飛びかかってきたのだ。

ベッドの上に仰向けに倒されて、胸を締めつけられる。いや、苦しいのは、彼が上から覆い被さっているせいだ。

「力…也っ、なんだよ！　退《ど》けよっ」

彼は俺の腹の上に跨《また》がり、手首を押さえて体重をかけてくる。

「言えよ。……そんなに仲いいのか？　好きなのか、そいつのこと」

「お前、なに言ってんだよ?」

息が上がりそうになるのを堪《こら》えて、俺は間近で彼を睨みつけた。

なにがなんだかわからない。どうして俺が、斉藤の兄貴と出かけたことで、力也に責められなきゃなんないわけ? それも、こんな屈辱的な格好で押さえつけられて。

「退けったら。重いだろ! 潰《つぶ》れちゃうよっ」

そっちが力ずくならと、俺も遠慮せずに彼を撥《は》ね退《の》けようとした。ところが——彼はびくともしない。

そりゃ、多少の体格差は認める。

背だって、体重だって負けてる。だけど、腕っぷしなら互角のはずだった。

本気で殴りあったことはないけど、負けないと心のどこかで思い込んでいた。

「力也…?」

「言うまで離さない」

ぐっと手首が締めあげられる。すごい力だ。

「…イテッ」

急に、彼のことが怖くなった。

力也が本気を出せば、もしかしたら俺なんか簡単に捻《ひね》り潰されちゃうんじゃないの、と思う。

今まで彼は手加減してくれてた……？

俺を見下ろす彼の表情はぴくりとも動かず、怒りのオーラも治まってない。

力也は、本気で怒ってる？　斉藤を泣かしたことじゃなくて、斉藤の兄貴と会ってたことで？　でも、なんで？　それって、そんなに怒るようなことか？

っていうか、今までこんなふうに力也が俺に対して怒ったことなんかあっただろうか？

なんだか泣きそうになってしまった。

押さえつけられて手は動かないし、乗っかってる力也は重いし、なにがなんだかわかんないし。とにかく——おっかないし。

そんな俺をじっと見ていた力也は、急に顔色を変えた。驚いたように手を離し、慌てて身体をずらす。

腹部の圧迫感がなくなり、ふうっと呼吸が楽になった。

「今まで、どこに行くにも俺に話してくれたよな。……誰と一緒だったかとか、親は知らなくても俺にだけは言ってくれてた。それに……俺らはたいてい一緒で…」

ボソボソと力也は言った。強い口調ではなかったけれど、どこか責めるような響きが残ってる。

「章悟、斉藤の兄貴のほうがよくなったのか？」

べつに意地を張るつもりもなかったけれど、素直に答えるのが癪《しゃく》で黙っていた。

それだけじゃなく、動揺してる。だって……一瞬でもこの俺が力也を怖いと思うなんて。力也が手を離してくれたのは、たぶん俺の怯《おび》えを感じ取ったからだ。

どうしよう。

「たとえそうでも、渡さないからな」

「…え?」

「斉藤の兄貴には渡さない。章悟の一番近くにいるのは、俺なんだ。今までもこれからも。ずっと、絶対に」

力也らしくない物言いだった。彼がこんなふうに感情を露《あらわ》にすること自体、ものすごく珍しいことだ。

「俺は、章悟のこと独占していたいし、だから、斉藤の兄貴が……どんなヤツか知らないけど、ブッ殺したいくらい憎い」

それって——嫉妬《しっと》だろうか?

ちっちゃいころから、あたりまえみたいに一緒にいたせいで、お互いの目がよそを向くのが我慢できないだけなのか? ただの子供染みた独占欲? それとも……。

それきり力也は黙り込み、やがてむくりと立ち上がると部屋を出ていった。

俺は呆然《ぼうぜん》と、閉められたドアを凝視《みつ》める。

ふと、斉藤との言い争いを思い出した。

彼女に、俺が力也に対して幼馴染みとしてではなく邪《よこしま》な感情を持ってるんじゃないかと言われて、そんなに危なくないと言いきった。

だけど——。

「俺ら、二人とも危ねーんじゃないの…?」

独り言ちて、ため息をつく。

俺たち、どうしちゃったんだろう。ただの幼馴染みの均衡が崩れて、もうグチャグチャだ。

いつからこんなふうになったんだ?

それとも、ただ気づいただけか?

自分の、そして相手の気持ちに。

じっと、手を凝視める。

指先がジィンと痺《しび》れているような気がする。押さえつけてきた力の強さと、びくともしなかった頑丈な身体の前で、抵抗すらできなかった惨《みじ》めな自分を思うと、情けなくてたまらない。

力也は、俺をどう思っただろう。

俺だけは彼を怖がらないと、全然怖くなんかないと思っていたのに。

頭を抱えて、狭いベッドの上をゴロゴロと左右に転がった。

力也を裏切ってしまったような、嫌な気分だ。これは、斉藤を泣かせたどころの比じゃない。

俺の人生最大の失敗だ。

□■□

「どうしたんだよ？　喧嘩《けんか》？」

朝からひとことも口をきかない俺と力也を見兼ねてか、同じクラスの連中が肩を小突いて声をかけてくる。

「いつもの女は来ねーし。お前ら、顔も見ねーじゃん。モメてんの？」

そんなんじゃないよと適当にごまかしても、不審に思うなというほうが無理だろう。

力也はひとりぼっちだ。

俺と口をきかないだけでなく、今日は斉藤も姿を見せない。

昨日の朝、俺が逃げ帰ってしまってから、彼らはどうしたんだろう、と今さら考えた。

そういえば、昨日訪ねてきた力也は斉藤のことをこれっぽっちも聞かなかった。それも不思議な話だ。

力也に聞いてみたい気もするけれど――さすがに声をかけにくい。だって、力也は俺がビビッたせいで傷ついているかもしれない。

いったいなんて言えばいいわけ？

なにごともなかったように話しかけるなんて真似、俺にはできない。

密《ひそ》かにオタついている俺と違い、彼は悠然と構えている。俺のことを気にしてるふうにも見えない。俺ばかりが彼をチラチラ気にしては、落ち着かない気持ちを抱えてる。

ほっとけないと思うのに――俺はなにを怖がっているんだろう。

結局、一日中なにも言えなかった。

昼休みには、気がつけば彼は教室にいなかったし、放課後になるなりさっさと帰り支度をして消えてしまったのだ。

テストで平均点以下を取った時や、なにかの試合に負けた時だって、これほどへこまないに違いない。

俺は完膚なきまでに叩《たた》きのめされた気分で、とぼとぼと帰途についた。昇降口でなにげなく力也の下駄箱を覗くと、まだ靴が入っている。どうやら、校舎内にいるらしい。

「…そっか、バレーの試合に出るとか言ってたっけ」

独り言ちて、試合はいつなのか聞いてないことに気がついた。今日じゃないとは思うけれど、そのための練習に参加しているのかもしれない。

力也のスケジュールを知らないなんて、初めてのことだ。いや――なにもかも知ってるようなつもりで、俺は本当はなにも知らなかったんだろう。

そう、なにも知らない。なにもわからないのに、わかってたつもりで……。

力也の言葉の意味も、行動の理由も。〝誰にも渡さない〟と告げられた意味を、俺はもっと真剣に考えなければならないのだ。

力也はそのための時間をくれてるのかもしれない。俺が話しかけない限り、この距離は縮まらないのかもしれなくて。

商店街を抜けようとして、ふとスーパーの前で立ち止まる。

二度と会わないほうがいいと思いながらも、今一番俺に必要な助言を与えてくれるのは、淑人しかいないような気がした。

そのまま俺は、だいたいの場所しか知らない彼のアパートを目指して歩き出した。


「…っつーか、全然わかんねーっつーの」

歩き始めて十五分も経たないうちに、音《ね》を上げてしまう。

だって〝このあたり〟と聞いていた場所には、似たようなアパートがゴロゴロ建っているのだ。この中から淑人の部屋を探すなんて、気の遠くなるような作業だと思う。

「こんなことなら、携帯の番号ぐらい聞いときゃよかった」

住所はもちろん、電話番号も聞いてない。出かける時は彼から迎えにきてくれてたし、万一の連絡用にと俺の携帯番号は教えたけど、かかってきたことはないから着信記録もない。

未練がましくいくつかのアパートの集合ポストを覗いてみたが、三つ目であきらめた。

これはやっぱり、もう会わないほうがいいってことだろう。そうだ、力也だって――淑人と会うことを快くは思わない。俺は、彼が嫌がることをしたくない。

そう思って、帰ろうと踵を返した時だった。

「章悟?」

聞き覚えのある声が耳を打つのに、世の中ってけっこう皮肉だと思った。

「なにやってんだ、こんなとこで」

スーパーの袋をブラ提げて、淑人が立っている。

「……淑人さん」

「ウチ、ここ」

彼は顎《あご》をしゃくって、階段の上を示す。

覗いていた集合ポストの中に、斉藤という名字はなかった。でも名札が入っていないのがいくつかあったから、そのうちのどれかなのだろう。

「俺に用か?」

ぼそりと彼は聞いた。躊躇《ためら》いながらも、俺は渋々頷く。

「……聞きたいことは、察しがつくけどな」

「斉藤から、もう聞いちゃった?」

ちょっとな、と彼は口にした。

上がれと言われて、彼のあとに続いて鉄製の階段を、カンカン音を立てながら上る。

ドアを開け室内に入ると、意外なほど中は綺麗に整頓《せいとん》されていた。

ぐるりと周囲を見回した俺の視線に気づいたのだろう。

「掃除しとかねぇと、あいつが勝手にやっちまうからな」

言いわけがましく、淑人は呟いた。

「もしかして、昨日も来た?」

「ああ。昨日も一昨日も、その前も」

彼はうんざりした口調になる。

「里菜、お前の幼馴染みとつきあってたんだって? 幼馴染みっていうと、あれだろ。俺に似たタイプの…」

「そこまで聞いちゃったんだ」

「……？　言ったのは、お前だぞ。ずっとつるんでた仲のいい幼馴染みがいるってな。パッと見はおっかない感じだが、本当は優しいんだったか？」

そういえば、どうせ知らないのだからと思って安心し、ついベラベラ喋りすぎてしまったかもしれない。

「昨日里菜から聞いたのは、お前の幼馴染みにフラレたってことだけだ」

「フラ…レた？」

嘘、と小さく呟く。

彼はちらりと俺を見たきり、なにも言わなかった。

「それ……本当の話？　それで？　斉藤、ほかになんか言ってた？」

思わず、彼に詰め寄る。

「フラレたって……力也がフッたってことだろ？　まさかそんな……だって…」

「落ち着け」

淑人は冷蔵庫からコーラを取り出し、グラスに注いで俺に手渡した。受け取って一口含むと、炭酸がむず痒《がゆ》いような痛みと共に喉《のど》に流れ込んでいく。

「お前も二人がつきあうのは反対だったんだろう？　里菜に、幼馴染みに近づくなって言ったって？」

「……ごめん、なさい」

なんで謝るんだ、と彼はシラケたような目つきで俺を見る。

「俺、斉藤のこと泣かしちゃった。…っていうか、泣かすつもりなんかなかったんだけど、気がついたら泣いちゃってて……俺、最低だ」

「あいつもバカなことしたんだろうが」

なにもかも見透かしたように、彼は言った。

きっと淋しかったんだよ、という言葉は言えずに飲み込んだ。

「悪かったな。あいつ、甘やかされて育ってるから、ちょっとワガママなんだ。なんでも自分の思い通りになると思い込んでるとこがあって……でもちょっとは懲《こ》りただろう」

懲りるようなフラレ方をしたのかと思ったら、ちょっと可哀相《かわいそう》になってくる。

「力也、なんて言ったんだろう。斉藤、大丈夫かな」

「〝お前のことは特別に見られない〟だったかな。そのほかにもいろいろ言ってたが、あとは本人から聞けよ。……立ち直ったら、あいつまたお前に嫌味言いにいくかもしれないが、勘弁してやって」

そのほかのいろいろ、というのが気になった。その中には、俺に嫌味を言いたくなるようなことが含まれてるってことだろう?

「お前といるとなんか和むんで、つい俺も連れ回したから、それも里菜は気に入らなかったんだろうな」

しょうがないなと言いたげに、彼は微かに顔を顰《しか》めた。

「俺、どうすればいいんだろうなぁ」

聞くともなしに呟いた。

淑人はちらりと俺を見て、黙って肩を竦める。

「淑人さん、どう思う? もう……だいたいわかってるよね? 俺、実は…」

「それは俺に言うことじゃねーだろ」

言いかけるのを、ピシリと遮られた。

「え…」

「言う相手を間違えてる。自分の気持ちなんだから、自分にしかわからないし。お前が今会う相手も、俺じゃないはずだ。違うか?」

けんもほろろに彼は言った。厳しい言葉だけど、そのとおりだったから俺はなにも言えなくなってしまう。

「……違わない」

「だったら、帰れ」

うん、と俺は頷いた。

そうして立ち上がり、玄関で靴を突っかける。

「淑人さん、ありがと。俺、楽しかったな。車乗せてもらって」

彼は微かに口元を歪めた。

「もう……会えないよね？」

「たぶんな」

「留学、頑張ってね」

ああ、と淑人は頷き、それから思い出したように呟いた。

「お前みたいな弟がいたら、楽しかったかもな」

「それ、斉藤には言わないでよ」

もっとイジメられるから、とつけ加えると苦笑を返された。

俺はじゃあねと身を翻し、アパートの部屋を出る。階段を駆け下りて、一度だけ足を止め振り向いた。もちろん、見送ってなんかくれない。そこには閉じられたドアがあるだけだ。

素っ気ない人だったけど、来てよかったって気もしてる。そうでなきゃ、わからなかったこともあった。

俺が会わなきゃなんない人、話さなきゃなんない人は、淑人じゃないのだ。そして彼に会うために、俺はちゃんと自分の気持ちと向きあわなければ。

逃げちゃ駄目だ、と自分に言いきかせる。

でも――とりあえず、行動するのは明日にしよう。

□■□

力也の出るバレー部の対抗試合は、今日の放課後だという。

本人からではなく、俺は人づてにそれを知った。

力也とはやっぱりまだ話せない。昨夜も考えて考えて――でもなかなか勇気は出ない。

「……試合が終わってからにするか」

こうして先延ばしにしているうちに、うやむやになってしまいそうだ。それだと、幼馴染みでもいられなくなるのかな。

こんな不安な気持ちになる日が来るなんて、一緒に泥だらけになって遊んでいたころは、思いもしなかった。俺たちの時間は、永遠に続くものだと疑わなかったから。

力也は、俺が頼んだのではない試合に出る。俺に「見に来い」とも言わない。

俺は——見にいってもいいのかな。応援してもいいんだろうか。

迷いながら、体育館への廊下を歩く。

そういえば、今日も斉藤の顔を見なかった。まだへこんでいるんだろうか。嫌味を言われるかもしれないけれど、早く立ち直ってほしいかな、なんて。

試合のコートを見下ろせる中二階のテラスに行くと、それほど観客はいなかった。みんな体育館内のコート脇で観戦しているのだ。力也に見つかることを恐れて、俺はコートのそばには行けない。ここでなら、ちょっと遠いけれどこっそり観戦することができる。

俺は手摺に凭れて、そうっと下を覗く。

試合はもう始まっていた。

力也は、最初からバレー部員でしたというような顔をして前衛に立ち、相変わらず一番活躍している。

誰もが羨《うらや》む恵まれた肢体《したい》、綺麗なフォームと力強いバネに、俺は見惚《みと》れてしまう。

「格好いいよね」

ふいに背後から、声をかけられた。

聞き覚えのある声に、おそるおそる振り向くと、思ったとおり斉藤が立っている。彼女は澄ました顔で俺の隣に来ると、同じように手摺に凭れた。

「あ……えーと…」

この場合、大丈夫？　と聞くのは変だろう。元気になった？　よかったね、なんて言ったら張り飛ばされるかもしれないし。

「同情ならやめてよね」

ピシリと言われて、返す言葉を失った。

「もう知ってるんでしょ。樋野くんにフラレたってこと。どう？　あんたの望みどおりになったわよ。嬉しい？」

「そんな…あれは……」

答えようがなく口籠ると、わっと階下から歓声が湧き起こる。

十五点先取して、一セット目が終了したらしい。

「あんたはずっと、あんなに格好イイ樋野くんのこと独り占めして、みんなから隔離してきたんだよ」

そんなことないと言いたかったけれど、結果的には彼女が言うとおりなのかもしれないから、黙っているしかない。

「でも、独り占めしたくなる気持ちはわかるよ」

　ふいに、彼女の口調が変わった。

「私、お兄ちゃんのこと好きだったの。ちっちゃいころから大好きで、憧れて自慢で、自分の周囲にいた小汚い同年代の男子なんて目に入らないくらい」

　お兄ちゃんから聞いたでしょ？　と聞かれて、どう返事をしたらいいのかと困ってしまう。どうして彼女はさっきから、こうも返答に詰まるような質問ばかり投げかけてくるのか。

　眼下では、二セット目が始まった。

　一セット目の勢いのまま、力也は積極的に攻めていく。

「なーんで実の兄妹《きょうだい》なんだろうって、親を怨《うら》んだわよ。お互いに浮気してできた子供同士ならいいのにとか、自分が貰《もら》われっ子だったらいいのにとか、本気で考えた。わざわざ戸籍謄本見にいったこともあるの。そしたら、二人ともちゃんと実子で……やんなっちゃう」

　それは普通逆だろう、とツッコミたくなった。自分が貰われっ子かもしれないと悩む場合はあっても、実子だと嘆かれたのでは親も立つ瀬がない。

「樋野くんはね、そんな私が初めてお兄ちゃんと同じぐらい好きになった人」

「……斉藤……」

　やはり彼女は本気だったのかと、少なからず俺はショックだった。それなのに俺は憶測だけでヒドイことを言ってしまった。

「俺さ…」

「あ、謝んなくていいよ。最初は、三倉くんの言ったとおり、お兄ちゃんに似てたから近づいただけだし。でも……フラレてから、わかったんだ。私、樋野くんと一緒に何日か過ごして、楽しかった」

口調はあっけらかんとしていたが、口ほどサバサバしているのではないことは、顔を見ればわかった。

彼女はずっと、コート内にいる力也を見ている。まっすぐに。

「……今度好きになるのは、全然違うタイプの人にするんだ。明るくて優しくてよく喋る……愛想のいい人。だって、お兄ちゃんや樋野くんみたいな人って、私より三倉くんみたいなタイプが好きみたいなんだもん」

「そんなことは…」

「そうなんだよ。それとも一つ、あんたみたいな幼馴染みがいない人を探す。だって……自分よりもその人のことよく知ってる存在なんて、ウザイじゃん。頑張ったって、一番にはなれないもん」

相変わらず、俺にはちっとも口を挟ませない勢いで彼女は喋り続ける。

あんまりよく喋る相手を好きになっても、きっとうまくいかないよ、というよけいな差し出ロは我慢する。

俺たちはしばらく黙って、試合を眺めていた。三セットマッチだが、このままいけば二セット目も瀬央《せお》のものだ。

「……あ、終わった」

呆気《あっけ》なく、試合の終了を知らせるホイッスルが鳴り響いた。瀬央の圧勝だった。

「行かないの？」

手摺に凭れたままじっとしている俺に、彼女は不思議そうな目を向ける。

「言っとくけど、この試合、本当は樋野くん出ないって言ったんだよ」

「え…？」

「試合の助っ人なんかするのは、三倉くんが見たがるからだって、樋野くん言ってた。だから、三倉くんが頼むんなら出るけど、そうじゃないなら出ないって。私、そんなの困るってごねたんだ。もう約束してきちゃったのにって。そしたら……約束したんならしょうがない、今度だけだって」

力也らしいと思った。

斉藤が勝手にしてきた約束なのに、ちゃんと守ってやろうとする。

「俺さ、お前が現れるまでよくわかんなかったけど…」

思いきって口にした。

珍しく彼女は話の腰を折らずに、黙って続きを待っている。

「お前の言うとおりだったかも。力也のこと、心のどこかで独り占めにしたかったんだ。だから…」

「いいんじゃないの？」

あっけらかんと彼女は言う。

「よくねーよ。男同士だぞ」

「血が繋《つな》がってないだけいいよ。こっちはどんなに頑張ったって、しょせん妹だよ。それに比べたらまだマシだよ」

筋が通っているようで全然通ってない理屈に、思わず噴き出した。

「言ってることムチャクチャだけど、お前、やっぱり淑人さんに似てるよ。さすが兄妹だよな」

斉藤はなんだか複雑な顔をして、いきなり背を向けると、パタパタと駆け去っていってしまった。

どうして急に、と振り返った俺は、その理由を知る。

力也がいた。

思わずコートを覗くと、あたりまえだがもうそこには彼の姿はない。

試合中に、ここで見ている俺に気づいたんだろうか？　いや、俺と斉藤の姿に気づいて、駆けつけてきてくれた？

「……なにか言われたか？」

ぼそりと彼は口を開いた。

どことなく心配そうなのは、俺が彼女に嫌味でも言われていると思ったから？

そういえば、淑人さんも彼女が立ち直ったら俺をイジメにいくようなことを言っていた。力也はそんなにひどいフリ方をしたんだろうか。それも、俺に怒りの矛先が向くような…？

「フッちゃったんだって？」

さりげなく聞くと、力也は憮然《ぶぜん》として頷いた。

「…そっか。しょうがないなー……でも、いいや。俺、力也が斉藤とつきあうの、なんか嫌だったから」

「章悟」

ズンズンと彼は近づいてくる。

「斉藤だけじゃない。お前が俺以外の誰かと、俺よりも仲よくなっちゃうの嫌なんだ」

ぎゅっと握り締めた拳が震えた。

駄目だ――意気地《いくじ》ナシの俺。勇気をかき集めたつもりなのに、ちゃんと想いを伝える前に萎《しぼ》んでしまいそうだ。

「俺は、お前が斉藤とつきあったほうがいいって言ったから、そうしてただけだ。章悟以外のヤツらとも仲よくしろとか、喋ったほうがいいとか……お前が言うから。お前が嫌なら、もうしない」

「……力也」

胸がいっぱいになって、熱く疼《うず》き出す。

力也は俺が望むことをなんでも叶えようとする。それが自分のためにならないってわかってても。

「嬉しいけど……よくないよね。俺が力也の世界を狭めてる。力也だって、そんなんじゃ駄目だってわかってるよね。俺は、怖いんだ。俺が……力也を閉じ込めて駄目にしちゃったらどうしよう。力也はなんでもできるのに、俺だけで満足しちゃいけないのに」

彼は黙って俺を見る。

その目はまるで「どうしていけないんだ?」と聞いているようだ。

「…斉藤のことは、特別な存在として見られないって言った。俺にとって特別なのは、章悟だけだって」

そんなこと言ったのか、と俺は思わずあんぐり口を開けてしまう。

「ものすごく泣かれた。ひどいって詰《なじ》られた。……章悟は、斉藤を泣かせるなんて最低だって落ち込んでたけど、俺のほうがもっと泣かせた。俺は、最低最悪だ」

淡々と告げられて、二の句が継げずに肩を竦めた。

「章悟も、こんな俺が怖いか？」

あの日怯えたことを婉曲《えんきょく》に聞かれているのだと悟った。

俺のために女の子を泣かせても平気な力也。確かに最低男かもしれないけれど——俺だって一緒だ。

「怖がって、ゴメン。でもね、俺が怖かったのは……本当に怖かったのは…」

拳にぐっと力を込めた。

「俺たちの気持ちが変わっちゃうことで、今まで過ごしてきた時間が……俺たちの関係が壊れちゃうんじゃないかってことだよ」

力也は黙って、その場にしゃがみ込む。そうしてチラリと俺を見上げた。

促されるでもなく、俺も手摺に背を預けてずるずると座り込んだ。

「……小学生のころ、歯磨き粉凍らせたの覚えてるか？」

いきなりなにを言い出したんだろうと思いながらも、ちょっと考えてから頷く。

「あの、出すと縞模様《しま》になるヤツだろ？　なんで縞模様になるんだろうって、二人で小遣い出しあって買って、凍らせて包丁で切ってみたんだよな」

よく覚えてる。

俺たちは好奇心の塊で、二人いればなんでもやった。いろんなことをしては失敗したり、怒られたり。

「お袋に怒られたっけ。もったいないことするなって」

「ああ。でも、楽しかった」

「うん。……楽しかった」

思い出して、つい笑ってしまう。大人にしてみればバカバカしいことかもしれないけれど、俺たちは真剣だった。

「壊さなければ、わからないことだってあると思わないか？」

唐突すぎる思い出話が、現在に繋がろうとしている。

「怒られたし、もったいないこともしたと思うけど、俺は後悔してない。少なくともああすることで、わかったことがある」

俺もだよ、と相槌《あいづち》を打った。

壊さなければわからないこと、見えないものがある。それは、俺たちの関係も同じなのか？

「力也は……壊したい？」

問いかけて、じっと凝視《みつ》めた先でゆらりと彼の身体が揺れる。

息がかかりそうな位置まで彼は顔を近づけて、目を瞑《つむ》った。

俺はそんな力也から、目を離せなかった。瞼《まぶた》を閉じることもできずに、自分にキスしようとしている大事な幼馴染みの顔を見続けていた。

唇が触れる。

ずっと見ていたけれど、感触は知らなかった。

柔らかくて、ほんのりと暖かい。

微かに触れただけのそれは、ゆっくりと離れていく。

「……壊れたか？」

問われて、曖昧《あいまい》に首を傾《かし》げる。

俺は、掌《てのひら》を自分の左胸にあてた。

「今、このへんがピキッていった」

力也は眉を顰めた。

「壊れた音かと思ったけど、そうじゃなくて……なんか…内側から溢《あふ》れてくるみたいな、変な感じがする」

「脱皮したみたいに？」

「そうそう、そんな感じ」

頷いて顔を上げると、また唇が重なった。

今度はさっきと違って、ちょっと深いキスだった。

潜り込んできた舌先は燃えるように熱くて、俺の上顎や歯列をくすぐってゆく。唇を軽く吸われて、ぞくぞくと背中が震えた。

「壊れねーよ、大丈夫」

名残《なごり》惜しく俺の唇を舌で舐《な》め、力也は離れていった。

そうかもしれない。

今までの時間は壊れない。俺たちはただ、これからまたその上に、新しい時間を積み上げていくだけだ。

「力也は……いつから、俺にこんなことしたいと思ってた？」

さあ、と彼は首を傾げる。

「……ずっと思ってた気もするけど、気づいたのは、この前章悟が怯えた時かもな」

ぼそりとつけ加えて、力也は首にかけたタオルで汗を拭《ぬぐ》った。そうしてタオルを口に押し当てる。

「暗がりで、お前の寝顔見てて……なんとなくわかった。俺が欲しいのは、斉藤とかじゃなくてお前だって」

その言葉に赤面して俯く。

欲しいという言葉が、こんなに重く響いたのは初めてだ。くすぐったくて、甘くて——ちょっと照れる。

俺たちはどちらからともなく手を握った。指を絡めて、ギュッと力を入れる。

そうして俺は力也の肩に頭を凭れて、窓から覗く空を見上げる。

力也の汗の匂いと、頬に触れる温もりと。指先から伝わってくる微かな鼓動に、泣きたいくらい胸が高鳴った。

「俺、力也のこと好きだなー。……たぶん、この世の誰より」

思わず口を突いた告白に、力也は「俺もだ」と返してくれた。

子供の時のささやかな誓いを、もう一度くりかえそう。

——俺は一生力也のそばにいる。死ぬまで俺たちは……もうただの〝親友〟じゃないけど。

恋愛解禁!?

「ま、待った！」

思わず声を上げると、樋野力也《ひのりきや》は胡乱《うろん》げな顔つきで俺《おれ》を見た。

咄嗟《とっさ》に脱がされかけたシャツの前をかきあわせて、どうやってこの場をごまかそうかなと考える。

いや——ごまかそうなんて、聞こえが悪い。

一応覚悟はしてきたのだ。してきたのだが、しかし。

いざこういう状況になってみると、俺のしてきた覚悟なんてちっぽけすぎて足りなかったなーとか、そもそもコンナコトは覚悟してするもんじゃないだろうとか、そんな愚にもつかない考えが頭の中をぐるぐるするばっかりで、パニック寸前だ。

「駄目だ。待ったナシ」

容赦なく力也は言い、シャツを摑《つか》む俺の手を退《ど》けさせて、ふたたび前をはだけようとする。

「わ、わわっ、待って！　頼むからっ、待ってってばっ。まだ心の準備がっ」

「……してきたっつったろ。時間は山ほどあったんだから」

相変わらずの仏頂面で、力也が言う。

愛想はないけど、怒ってるわけじゃないってことは、百も承知だ。つきあいの浅いヤツらならビビッちゃうだろう力也の無表情も、俺には通用しない。生まれた時からずっと一緒にいたと言っても過言じゃない俺たちだから、力也の微妙な表情の変化や些細《ささい》な心の動きなんかも、俺にはちゃんとわかるんだ。

だけど――だからって、この状況をホイホイと受け入れられるかっつーと、そのあたりもまた微妙だったりして。

幼馴染《おさなじ》みとしての均衡が崩れたのは、今年になってからだ。

ひょんなきっかけから、俺は力也を単なる幼馴染みとか親友として見られなくなっていることに気がついた。俺が先だったのか、力也が先だったのかはわからない。力也も同じように考えているのだと聞かされ、俺たちは幼馴染みという殻を破って一歩前進した――はずだった。

でも、実際にはとくになにかが変わったわけじゃない。

昨日まで幼馴染みで、今日からそれが恋愛感情に発展したからと言って、突然なにもかもが変わるかっていうとそうじゃなかった。俺たちの日常は、至極穏やかで普通だった。そのまま秋が来て冬になった。

変わったことといえば、二人きりでいる時にふっとお互いに黙り込むことがあって――今までだってあったんだろうけど、とくに意識したことはなかった――どちらからともなく、キスするようになった。それぐらい。

子供のころから馴染んでいる力也のそばは、俺にとって相変わらず居心地のいい場所だったし、力也も同じだったんだろうと思う――つい最近までは。

そう、それはほんの一週間ほど前のこと。

「じゃあまた明日」とバイバイした俺を呼び止めて、彼はやけに真面目《まじめ》な顔をしてこう言ったのだ。

「章悟《しょうご》――俺、お前のこと抱きたい」

そりゃあもうびっくりしたのなんのって。

一瞬なにを言われたのかピンとこなくて、俺の思考はたぶん三秒ぐらい止まってたに違いない。

あまりにもストレートな誘い文句なんだけど、力也らしいと言えば言えなくもない。つまり力也は、俺たちの関係をキスから先に進めましょうと言ったわけなのだ。

俺だって、そういうことをまったく考えなかったかと言えば嘘《うそ》になる。ちょっとぐらいは考えた。だけど、そんなことしなくても俺たちはうまくやってたし、こんなもんだろうと楽観してる部分があった。

いずれその日が来るにしたって、それはもうちょっと先のような気がしてた。

でも、そうじゃなかった。力也は——俺を抱きたいと言う。

抱きたい、と言うからには、俺は抱かれる立場なんだろう。抱かれる——そこでまず、想像の限界にブチあたった。

いったい俺は、どういうふうにしてりゃいいもんなんだい？

そもそも俺は、力也に抱かれたいんだろうか？　——よくわからない。

べつに力也が嫌だというんじゃなくて、俺はもともと同性相手に恋愛感情を持つ日が来るなんて考えてもみなかったし、自分がそういう行為をするとしても相手は女の子だろうと思っていたのだ。その場合、俺は抱かれる側ではなく抱く側なわけだ。俺が、抱かれる自分というのが理解の外だったとしても、それはしょうがないことだと思う。

だったら、力也を抱きたいかと言われれば——ちょっと考えてしまう。

力也は俺よりも遥かに体格がいい。

小学校ぐらいまでは二回り程度しか差がなかったように記憶しているのだけれど、気がついたら彼はうんと背が伸びて、筋肉もついて逞《たくま》しくなっていた。俺は第二次性徴期に望みをかけていたのだけれど、それもそろそろ怪しくなってきたなあと危機感を抱いているところだ。

そんな俺が——力也にしがみつくと、電信柱に止まったセミのような俺が、だ——どうして彼をどうこうしたいと考えたりするだろうか。

そしてここで問題なのは、俺がもしも「嫌だ」と言った場合、愛がないんじゃないかと受け取られてしまわないかってことだ。

俺は、力也をとても好きだと思うんだけど。

すごくすごく好きで、誰にも奪《と》られたくないと思う。それが、子供っぽい独占欲の延長だと受け取られてしまうのは悔しい。この気持ちは、紛れもなく恋なのだと自分では思うのに。

誰にも否定されたくないし、ましてや力也を不安にさせたくなんかない。

だから、頷《うなず》いたのだ。

俺を「抱きたい」と言う力也の言葉に。

力也は珍しく照れたように笑って、その時はそれでバイバイした。家にはお互いの家族がいるし、その場ですぐにやりましょうという意味でもなかったらしい。

彼もたぶん、俺の気持ちを確認したかっただけなんだと思った。

俺は家に帰ってから、彼とのそんな口約束が現実になる生々しさを考えた。俺のどこを見て、彼が抱きたいと思うのかも考えてみたけど、自分ではよくわからなかった。

そして今日、学校から帰る道すがら、力也は思い出したように口にしたのだ。

「……今日、ウチの両親出かけてて、帰ってくるの遅いんだ」

俺はマヌケなことに、その言葉の意味を一瞬摑み損ねた。

「あ、そなの？　じゃあ、力也ウチで晩飯食えば？」

子供のころから家族ぐるみのつきあいなのだ。それぞれの親は、自分の親のように馴染みがあった。

力也は困ったように一瞬口を噤《つぐ》んだ。その顔を見て、ハッとした。

「……今日？」

おそるおそる聞き返すと、彼もまた俺がちゃんと意味を察したことに気づいたんだろう。黙って頷いた。

俺はそのまま力也の部屋に直行して——。


「わ、だ、だからっ、五秒待って！」

「一、二、三、四、五。……待ったぞ？　いいな？」

「うわーん、よくないっ」

俺の上に乗り上げて、力也はしょうがないなと言いたげに苦笑を浮かべる。

いつのまにか俺は半裸で、ベッドに転がされてしまっている。力也の手際がいいのか、俺が隙《すき》だらけなのか。

「だって、今の五秒って三秒ぐらいしかなかったじゃん！」

「……っていうかさ、章悟、嫌だ？　俺に抱かれんの」

問いかけてくる瞳は、痛いくらい真剣だ。こんな眼差《まなざ》しを向けられたのでは、嫌だなんてとても言えない。

「嫌じゃないよ。全然。嫌じゃないんだけど……知ってるだろ、俺、こういうの経験ねーんだよ。この場合、俺はどうしてりゃいいわけ？」

「べつになにもしなくていい。今日は、俺に任せて…」

やけに慣れたようなことを、力也が言う。

たぶん――なんだけど、力也だって経験ないくせに。それどころか、俺たちは今まであまりエロ話もしたことがなかった。それって俺たちの年齢では珍しいことなのかもしれない。だけど、だからって不自由にも感じてなかったし、そういうもんだと思ってた。まあ、今考えれば、それぞれがお互いのことしか見てなかったから、女の子の入り込む余地がなかったのかもしれないんだけど。

「なんか……不思議な感じがする」

なにが？　と彼が俺を見下ろす。

「……力也が俺にこういうことしてるのって。……ううん、そうじゃなくて……力也がそういうことするのを、俺が見てるのって……なんか変」

「そうか？」

力也は妙に優しい表情を浮かべた。

じっと俺を見て、それからキスしてくれる。触れるだけじゃない、ちょっと深めのキスだ。

口の中に力也の舌が入り込んで、遠慮なく動き回ってる。

そうするうちにも彼の手は、俺の胸に触れ、脇《わき》を撫《な》で下ろし——。

思わず、うひゃあ！　と声を上げた。

「だ、駄目っ、そこ！　すげーくすぐったい」

ギブギブ、と訴えながら、身を捩《よじ》る。

「章悟」

ひやりとした響きで、力也が俺を呼んだ。

「……だって」

「くすぐったい場所は、感じるところだって言うぜ？」

真面目に返されて、笑いは強張《こわば》って消えてしまった。

そりゃ、これからエッチしようっていうのに、ゲラゲラ笑っちゃった俺ってばムードないのかもしれないけど。でも——笑ったり冗談でも言ってないと、間が持たないじゃん。

だって、こんな力也を俺は知らない。

生まれた時から一緒にいて、力也のことならなんでも知ってるつもりだったのに。

こんな真剣な顔をして、俺を抱こうとしてる。俺のことを、まるで宝物を見るような優しい目で凝視《みつ》めてたりする。——今日の前にいるのは、俺の知らない力也なんだ。

「いいから、もう黙ってろ、お前」

その言葉に、仕方なく頷いた。

力也がゆっくり俺に覆い被《かぶ》さってくる。手首をぐうっと摑まれて、それだけで俺はもう身動きできなくなった。

固い胸に押し潰《つぶ》されそうになって、息が詰まる。

——どうしよう、どうしよう。

力也も俺も変わってしまう。変えられてしまう。

何度もキスがくりかえされて、彼の唇は頰《ほお》や首筋や鎖骨のあたりにも触れた。その頼りない柔らかさに、肌が粟立《あわだ》つ。

手首を縛《いまし》めていた手が退けられて、彼は次第に下へ下へと移動していった。

くすぐったいと訴えた脇腹あたりをやり過ごし、足に触れる。決して強引なわけじゃないけれど、容赦ない力で彼は俺の足を開かせる。

「……あ…！」

いきなり、内股《うちまた》に唇をつけられた。

ギョッとして身を竦《すく》ませたところへ、今度は掌《てのひら》が中芯を握り込む。

「り、力也っ」

「力抜いて、章悟。俺に任せて」

感じてほしい、と彼は言う。

思わず、自由になっていた両腕を顔の前でクロスさせた。恥ずかしくて、顔を晒《さら》していられない。

うんとちっちゃい子供のころは、意味もなく触りっこしたこともあった。でも――本当にそんなのはなんの意味もないことだった。今は違う。

力也の手で、俺は感じて形を変えてしまう。

「……っ、…は……あ…っ」

堪《こら》えきれずに、声が洩《も》れた。

力也は絶え間なく俺を追い上げていく。

たいしてもたずに、俺は胸を喘《あえ》がせた。自分でする時よりもずっと早く、呆気《あっけ》ないくらい簡単に、彼の掌の中で自分が弾《はじ》けるのがわかった。

「章悟」

「……章悟、顔見せて」

嬉《うれ》しそうに、力也が呼んだ。

「ヤダ」

「手、退けて。顔、見せろって」

「絶対ヤダ」

こんな直後に、どうして彼の顔が見られるだろう。——というよりも、見られたくない。

「章悟」

それでも力也は辛抱強く、俺の名前を呼んだ。その大きくて固い身体が再び伸び上がって、俺の上に覆い被さってくる。

「キスさせて」

「……今はヤダ」

もうちょっとあとでならいい、と言いかけて、ふと足のあたりに固く張り詰めたものがあたるのを感じた。

そうだっけ。俺だけ先にイッちゃったんだった。

仕方なく、そろりと顔を隠していた手を退ける。

「章悟」

ホッとしたように、力也は息をついた。

「……ゴメン。力也、まだだっけ」

躊躇《ためら》いつつも、手を伸ばす。

「俺、うまくできねーかもしんないけど」

「いいよ、章悟は」

「え？」

どういう意味だろうかと首を傾《かし》げた俺に、彼はとんでもないことを続けて言った。

「……章悟の中に、入っていい？」

「俺の——中って…？」

ここ、と彼は思いがけない場所に指で触れる。

「嘘っ、こんな……無理！　ぜってー無理だって！」

「大丈夫。力抜いて。……ちゃんと慣らして、傷つけないようにするから」

「って、そんなムチャクチャだよっ。お前のただでさえデケーんだからっ。そんなん入れられたら、俺、壊れちゃう…」

逃れようとするのを、強引に抱き竦められた。

「ちゃんと用意してあるから」

彼はベッド脇のサイドテーブルから、なにやら怪しげなボトルを取り出す。〝ラブ・ローション〟と記されたそれは、潤滑油のようなものらしい。

女と違って、男の身体は構造上それを受け入れるようにはできてないものだと思う。そんなものを使ってまで、受け入れたいかと問われれば、俺は頷くのを躊躇《ためら》ってしまう。

第一——こんな、まな板の上に張りつけられたカエルみたいな格好だけでも憤死ものなのに、力也はその上俺の体内まで開いて暴き出そうとするのだ。

トロリと粘りのある液体が、股間《こかん》を伝うのがわかった。

「い、やっ…！」

なおもローションを掬《すく》った力也の太い指先が、俺の中にゆっくりと埋没してくる。

「……痛…っ」

ぎゅうっと身体の芯が竦みあがるのがわかった。

指だけでもこんなに痛い。絶対に無理だ、と思う。

そんな俺の心情なんてまったく気にも留めず、力也は指を小刻みに揺らしながら奥へ奥へと侵入しようとした。彼の指先が、内臓を内側から押し広げようと蠢《うごめ》くのを感じる。

「……嫌だ！　やっぱり、駄目っ」

「章悟？」

「ゴメン、力也！　俺、駄目！　できない。絶対無理、できないったらできねーよっ」

面食らって彼が僅《わず》かに身体を浮かせた隙を突いて、ベッドから転がり降りる。そのまま床に散らばった制服をかき集め、両手に抱えて部屋を飛び出した。

力也もあの状態では、すぐに追いかけてこられないだろうと踏んで、玄関で素早く衣服を身につける。

「……あれ…？」

下着がない。

どうやら力也の部屋に置き忘れてきてしまったらしいが、今さら取りに戻るわけにもいかない。仕方なく直《じか》にズボンを穿《は》いて、スニーカーをつっかけ外に出た。

さっきまでのことが嘘みたいだと思う。冷たい風に煽《あお》られて、熱かった身体も頭も急速に冷えていく。

——なにやってんだろう、俺ってば。

あんな土壇場で逃げ出すなんて、悪かったかな、ともう後悔してる。

だけど——しょうがない。

ホントのホントに、無理だと思った。

あんなものが自分のこんなとこに入るなんて、想像もできない。ってゆーか、入んないってマジで。基本的に、ここって入れる場所じゃないじゃん。

「……手でだったら、してやったのに…」

独《ご》り言ちながら、家の玄関に入る。力也んちから隣のウチまでは、あっという間だ。

「ただいまー」

「あら、おかえりなさい。一人？　力也くんは？」

台所から顔を覗《のぞ》かせた母がいきなりそう言うのに、ドキッとして顔が強張った。

「一人だけど……なんで？」

「樋野さん、今日帰りが遅くなるから、力也くんお留守《るす》番なのよ。聞いてないの？」

「あ——うん」

そうだっけ、とソラとぼける。

「そうだっけ、じゃないわよ。まったく気が利かない子ねェ。晩ご飯ぐらい誘ってあげなさい。ほら、呼んできて。すぐに用意できるから」

あたりまえのことを母は言ったのだが、どうも行きにくい。だって、あんなことしたばっかりで、しかも俺ってば逃げ出したわけだし。どの面下げてノコノコ訪ねて、晩飯一緒に食おうなんて誘える？

「章悟、なにモタモタしてるの？　早く呼んできて頂戴《ちょうだい》。せっかくの天ぷらが冷めちゃうでしょ」

「う、うん」

そんなに言うなら、母《かあ》さんが呼んでこいよ——とは言えない。言ったら言ったで、喧嘩《けんか》したのかとかなんとかうるさいに決まってるし、どうせ俺のほうが悪いって頭から決めつけられて、謝ってこいと言われるのだ。

実際、今日のことは俺が悪い……のかな？

だけど力也だって、経験値は俺と一緒のくせに、やけに手慣れてて用意周到だっていうのはどういうことだ？　そんなの、ずるいじゃないか。

あいつとのつきあいはもう十七年にもなるのに、俺はあんな力也を今日まで知らなかったのだ。

重い足を引き摺《ず》って、隣家へと再び向かう。

玄関の呼び鈴を鳴らしたが、力也は出てこない。

「……力也？」

コツコツとノックしてみる。が、返事はない。

ドアに背中を凭《もた》せかけ、ハーッと深くため息をついた。

このまま家に戻って、「力也、出かけちゃったみたい」と言ったら、母は信じてくれるだろうか？　でも——事実だ。しょうがない。

帰ろう、と背中を浮かせた瞬間、勢いよくドアが開いた。

「うわ！　びっくりしたっ」

思わず叫んだ俺以上に、力也はびっくりしたような顔をしている。見れば、シャワーでも浴びていたのか、髪から水滴がぽつぽつと落ちていた。

「……ずっとここにいたのか？」

聞かれて、ううんとかぶりを振る。

「違う。いったん帰ったんだけど…」

「章悟」

「母さんが、夕飯、力也も誘えって言うから。迎えにきた」

彼の声が一瞬期待に満ちたものになるのに、慌てて遮って用件を告げる。力也の瞳に、僅かに落胆の色が走った。

「さっきはゴメン、力也。俺…」

「いいんだ」

　ぼそりと、彼は言った。

「俺も、急ぎすぎた」

「そんなことは…」

　ないとは言えないだろうか。少なくとも俺は——俺の気持ちは、まだ追いついていないのだ。

「ゴメン」

　どう言えばいいのかわからなくて、もう一度謝る。

「俺さ、俺……力也のこと、好きだよ。ホントだよ。好きだけど……すげー好きなんだけどっ、なんか理屈じゃ説明できないってゆーか、か、身体が、勝手に…っ。なんでだろ、俺、マジでお前のこと…っ」

　ふと、彼は苦笑を洩らした。

「……玄関先で、そう〝好き〟を連呼されると困るな」

「あ、ゴメン…!」

　俺って、なにからなにまで間が抜けてるかも。

「先に行ってて。髪乾かして、服ちゃんと着替えてから行く」

いつものように、力也は言った。

ちょっとぶっきらぼうだけど、もう怒ってないと俺にはわかる。

「うん。……天ぷらが冷めないうちに来いって、母さんが」

「わかった。すぐ行く」

「風邪《かぜ》引かないように、ちゃんと着て来いよ？　期末テスト前なんだから…」

わかってる、と彼は言ってドアを閉めかけ、なにかを思い出したように俺を呼び止める。

「章悟、これ」

小さな紙袋を渡された。

「……なに？」

紙袋の口を開けて覗いて、咄嗟に「あっ」と声を上げる。中に入っていたのは、俺の下着だった。さっき、忘れたヤツだ。

「洗わないほうがいいかと思ったから、そのままなんだけど」

「うん、そのほうがいい。助かる。えっと……ゴメン」

「じゃあ、あとで」

素っ気なく彼は答えて、ドアを閉めた。

――よかった。

手にした紙袋をぎゅっと握って、閉まったドアを凝視《みつ》め、今度は安堵《あんど》の息をつく。あんなことになっちゃって、気まずくなったらどうしようかと思っていたけれど、力也は普段と変わらない。怒ってない。

できることならば、もうしばらくはこのままの関係でいたいと思う俺は甘いだろうか？

この居心地のいい関係のまま、力也と笑ったり遊んだり、ただ一緒にいられるだけでいい。

力也もそう思ってくれていればいいのに。

——なんていうのは、結局俺のエゴだったんだよなあと、それから二日もしないうちに、俺はシミジミと考えさせられた。

力也は怒ってない——怒ってはいないんだけど、なんとなくようすがおかしい……ような気がする。それともおかしいのは俺のほうだろうか？

もともと無愛想だし、感情が表情に出ないというのも承知している。でも、俺にはわかってた。力也の微妙な感情の変化も、俺だけは手に取るようにわかっていたつもりだった。

それなのに、今一つ摑めない。

あの日からこっち、彼がなにを考えているのかがわからない。

これって、俺たちがただの幼馴染みじゃなくなってしまったせいなのか？　俺たちは一歩前進したつもりで、本当はわけのわからない迷宮に足を踏み入れてしまったんじゃないだろうか。

「……力也、なんか怒ってる？」

帰り道、肩を並べて歩く力也に、さりげなく問いかけてみる。

彼は「なにを？」と首を傾げた。

「だからァ、それは俺が聞いてるんじゃん。お前がなにか気にしてるんなら…」

「なにも気にしてない」

即答されて、そのタイミングに〝これは嘘だな〟と思う。根拠はないけれど、これはもう長いつきあいで培われた勘のようなものだ。

「この前のことなら、悪かったよ。俺、覚悟決めたつもりだったんだけど、頭で割りきってても身体がついていかないってゆーか。そりゃ土壇場で逃げ出したのは卑怯《ひきょう》だと思うけど、でもお前はする側だからともかく、俺にしてみれば完璧《かんぺき》に未知の世界なわけだしっ」

「章悟」

沈黙が耐えきれなくて捲《まく》し立てるのを、彼は静かに名前を呼んで黙らせた。

「あのな、そのことはもういいって言わなかったか？　俺」

「言ったけど……言ったけど、あのあとから変じゃん。夕飯も、お前いつもより食べなかったし、ゲームしようって誘ったのにさっさと帰っちゃうし。俺、嫌だよ、あんなことでお前ときまずくなっちゃうの。……〝あんなこと〟って言い方はないか。けど…」

「〝あんなこと〟だよ。たいしたことじゃない。俺は気にしてない。気にしてるのは、むしろお前のほうじゃないの？」

思わず顔が引きつった。

「俺…？」

「俺は、お前とやりたいから、お前を好きだって言ったんじゃないよ」

さらりと告げられて、その意味がピンとこなくて頭の中でくりかえしてみる。

俺と――やりたいから、好きって言ったわけじゃない……？　それって、どういう意味？　やれなくても好きってことだよな？　そうだよな？

「そりゃあ、章悟のことを全部なにもかも知りたいっていう欲望はあるけれど、章悟がそれを望まないならなんの意味もないんだ」

「うん…？」

彼の言い回しはどこか小難しくて、わからないまま頷いた。

「章悟が本当にそうしたいって思うまで、待てると思うから。……俺も急ぎすぎた。そう言っただろう？　反省したんだよ、これでも」

「うん…」

反省してたから？　だから最近、どことなく掴み所がなかったのか？

――力也は、待ってくれると言う。俺の気持ちが追いつくのを、いつまでも待っていると。

だけど、いつになったら追いつくかなんて、俺にだってわからない。もしかしたらこのままずっと、この状態で満足してるかもしれない。幼馴染みのこの距離感が、一番安心できると心のどこかで思っているのだ、俺は。

その日が永遠に来なかったら、力也はどうするだろう。俺たちは、どうなるんだろう？

駄目になったりしないのかな。

俺は、それこそなんの根拠もなく、一生力也のそばにいられるんだと思っていた。死ぬまで一緒だって思い込んでいた。でも――そう言いきれるだけの、確かなものなんてどこにもないのかもしれない。

今まで感じたこともなかった一抹の不安に、必要以上に怯《おび》えてる自分を感じた。

俺はどうして、こんなに不安になってるんだろう。

力也が好きで――力也も俺を好きだと言ってくれるのに。身体を重ねなくてもいいと、目の前で力也が言いきってくれるのに。

彼の言葉を疑う理由だって、どこにもない。

それとも——力也が言うように、気にしてるのは俺のほうなのか？　こんな不安を生んでいるのは、もしかして俺自身の問題？

それきり力也はなにも言わず、俺も黙って、家の前で別れた。

「またな」と言った瞬間、ふいにキスしてほしいような甘ったるい気持ちが込み上げて、そんな自分に狼狽《うろた》える。

口には出せない。第一、言ったところでここは天下の公道だし、それぞれの家の真ん前なのだ。キスなんかできっこない。

小さな欲望の芽を摘み取って、家の中に逃げ込む。

ただいま、と声をかけると、いつもは台所にいる母がバタバタと二階から降りてきた。しかも、外出するようないで立ちだ。

「おかえり、章悟。お母さん、ちょっとこれから玲子《れいこ》のところに行ってくるわね」

「玲子叔母《おば》さん？」

玲子というのは、母の一番下の妹だ。母は四人姉妹の長女なのだ。

「どうかしたの？」

「……子供に聞かせる話じゃないけどね、ちょっとモメてるのよ」

「ふうん？　モメてるって、叔母さんと叔父《おじ》さん？」

聞かせるような話じゃないと言いながらも、母は「そうそう」と頷く。

「隆一《りゅういち》さんが、また浮気したのよ。今度こそ離婚の危機かもしれないから、ちょっと仲裁してくるわ。晩ご飯作ってあるから、チンして食べなさい。お父《とう》さんは遅くなるって言ってたから、気にしなくていいわよ。なにかあったら、お隣に行きなさい。頼んどくから」

早口に捲し立てると、母はさっさと靴を履いて出かけてしまった。

「……また？　離婚の危機？」

――嘘だろう、と胸の内で呟《つぶや》く。

玲子叔母さんが結婚したのは、ほんの四、五年前だったと思う。俺も結婚式に参列したから、覚えている。

大学時代からつきあっていたという隆一叔父さんとは、すでに何年も連れ添った夫婦みたいに仲がよかった。阿吽《あうん》の呼吸だと、誰かが冷やかしていた。

また浮気した、ということは、前にもそういうことがあったんだろう。俺は聞かされていないけれど――それこそ、子供の耳に入れるような話じゃないからだろう――こんなことは、初めてじゃないのかもしれない。だから、今度こそ離婚の危機、なのだ。

人の気持ちは変わるのだ、とふいに思った。

人は変わっていく。

実際、俺だって、五年前の自分とは微妙に好みも趣味も変わってきてる。子供のころに大事にしていたものが、ある日突然つまらないがらくたに思えて、なんの執着もなく捨ててしまったりする。

それが成長することなんだと、わかったように考えていたけれど——。

力也はどうだろう。

今は俺を好きだと言ってくれてる。ずっと待つと言ってくれた。

でも、来年は？　再来年は？　三年後、四年後は？

本当に、ずっとずっと待っていてくれる保証なんか、どこにもない。

結婚式ではあんなに幸せそうだった叔母夫婦が、五年後の現在離婚の危機を迎えているように、先のことは誰にもわからないんだ。

「……なに考えてんだ、俺」

どうかしてる、と思った。

幼馴染みとして、大親友としての力也のことは、全面的に信用できるのに。どうして、恋愛感情が絡んだ途端、疑って不安になっているのか。

それはそっくり、俺自身に置き換えられるんじゃないのか？

たとえば、力也にすべてを預けてもいいと——身も心も受け入れていいと思える日がいつか来ると思っているけれど、その日は永遠に来ないかもしれなくて……。

「……考えんの、やめよ」

頭をブンブンッと振って、マイナス方向に走り出した考えを追い払った。

俺たち、本当なら今が一番楽しい時なんじゃないの？　お互いの気持ちが恋だとわかって、すげー幸せな時のはず。恋愛って、楽しいものじゃないか。雑誌やマンガやドラマでも、恋人たちはみんな楽しそうだ。

それなのに、この先来るか来ないかわからない不幸を想像して不安になってるなんて、馬鹿げてる。

その晩遅く、母は玲子叔母さんと一緒に帰ってきた。

叔母はまだ若く、潑剌《はつらつ》とした明るい女性というイメージがあったのだが、今夜はどこか疲れてやつれたように見えた。

「ごめんね、章ちゃん。テスト前なのに、迷惑かけるわね」

そう言われて、そうだっけ、テスト前だった、と気づく。

期末テスト三日前だ。

それなのに、なんの準備もしてない。もともとテストだからとちゃんと勉強しているかと言われれば、実はアヤしいものなんだけど、今回ばかりは絶対頑張んなきゃいけないと思っていたのに。

頭ん中が、力也とのことでいっぱいで、全然勉強が手につかなかった。

俺って、恋愛と勉強が両立できないタイプだったのかも。

中学の時、受験だからと彼女と距離を置いた友達に対して、バカじゃねーの、そりゃ別物だろうがよ、と思っていたのに。自分のこととなったら、サッパリだ。

恋にうつつを抜かして、つまらない疑心暗鬼に囚われたりして——周囲が見えなくなってる。ほかにもやらなきゃならないことや、考えなきゃならないことがあるはずなのに、力也のことだけで手一杯でどうしようもない。

それとも、恋ってこういうもの？

□■□

職員室脇《わき》の掲示板に張り出された、期末テストの結果順位表を見上げてハアとため息をつく。

テストが終わった直後から、どうせこの上位五十位までしか載ってない表なんて俺《おれ》には関係ないとわかってはいたものの——力也《りきや》はしっかり八位のところに名前がある。

中間テストでは十七位だったから、八人も飛び越えたってことだ。

恋する立場としては同じはずなのに、惨澹《さんたん》たる結果の俺に比べてこの順位ということは、彼はちっとも悩んでないってことか？

「なーんか不公平な気がするなー……」

「なにが？」

いきなり背後から聞かれて、飛び上がりそうになった。

いつのまにかすぐ後ろに来て立っていた力也が、訝《いぶか》しげに俺を見下ろしている。

「え？　あ、えーと……力也、スゲーな、お前。順位一ケタじゃん」

ああ、と彼はとくに表情も変えずに頷《うなず》く。

「偶然ヤマが当たったから、助かった」

「……そーゆーのは、テスト前に教えろよ」

「当たる確証はなかったし。章悟《しょうご》に教えたら、そこしか勉強しないだろ？」

——だからヤマっていうんじゃないのかよ。かけたヤマ以外も勉強するぐらいなら、ヤマかける必要ないじゃないかよ。

なんていう文句は、とりあえず言わずに置いた。

「で？　章悟はどうだったんだ？」

ちらりと彼は、目の前の結果表に視線を向ける。

そんなもん、何百回見たって俺の名前なんか載ってないっつーの。あぶり出しみたいに、じわじわ名前が浮き出てくるというものでもない。

「……いつもどおり」

ポツリと答えた。

力也にはわからないだろうけれど、この答えは俺にしてみれば目一杯見栄を張ってる大嘘《おおうそ》だ。

いつもどおり——そう、いつもなら俺は張り出されないまでも、なんとか上の下くらいの位置には引っかかっている。そして今回は本当ならもうちょっと、いや、かなり頑張って、五十位以内に入りたいと考えてはいた。なんといっても、今回の結果プラス三学期の学年末テストの結果が、来年のクラス替えに大きく影響してくるのだ。

瀬央《せお》高では、三年に上がる時、進路別にクラスが分けられる。ほとんどが進学希望なので、その中でも理数系クラス、文系クラス、それからその他——専門学校や、就職等のクラスだ。

俺も力也も、理数系を志望している。

理数系クラスは、成績順にクラスが分けられることになっていて、その成績順というのが、このテスト結果なわけだ。一クラスは約四十人。つまり、単純に考えれば上位四十位までが一組ということになるのだが、もちろん四十位までの中には文系志望やそれ以外の進路希望者もいる。とはいえ、八位の力也と同じクラスになろうと思ったら、せいぜい五十位から六十位内にはいなければマズイ。

力也は相変わらず無愛想で周囲から浮いているから、俺がそばにいなきゃきっと新しいクラスにも馴染《なじ》めないだろう。――なんていうのは表向きの言いわけだけど、離れてると心配でいても立ってもいられなくなるんだ。

幸い小学校・中学校と、力也とは別のクラスになることはほとんどなかった。運がよかっただけかもしれないけれど、同じクラスじゃなかったのは小三、四と高一の時だけだ。今までは人任せだったクラス替えだけど、今度は違う。俺の努力次第で決まってしまうのだ。それなのに――!

「……うっかり恋に溺《おぼ》れて、ぬかったぜ」

掲示板から離れながら、こっそりと呟《つぶや》いた。

なんのために理数系を志望してるのか。それはひとえに、力也と一緒にいるためなのだ。

今までの関係だけならともかく、晴れて両想いとなった今、どうして違うクラスに離れていられるだろう。しかも――なんとなく気まずい最近のことを考えるにつけ、どうしても同じクラスになりたいと思う。

そんなことぐらいで、関係がおかしくなったりはしないだろうが、クラスが違うとどうしてもお互いに知らない部分が増えてしまう気がして嫌だ。

だが……こうして結果が出てみると、努力しても無駄って気がしてくる。

だって、今回の俺の順位は中の下ぐらいだ。微妙な位置だが、下にいる人間よりも上のほうがちょっぴり多い。年末年始返上で必死に勉強して――学年末テストまで一生懸命頑張ったとして、抜くことができるだろうか？　……かなり無理な気がする。

力也に頼んで、家庭教師してもらおうか？

――いや、それはあんまり気が進まない。頼むからには、現状を包み隠さず打ち明けなければならないだろうし……俺の中でも最低最悪の成績結果を、力也に話すのは勇気がいる。つーか、今回ばかりは、親にだって言いたくない結果だ。

自力でなんとかしなくちゃ、と思う。

とりあえず落っこちた順位を取り戻すつもりで、それにプラスして頑張ればなんとか六十位ぐらいには食い込めないだろうか？

やってみよう。

やる前からあきらめてたんじゃ、話にならない。

やればできるんだから頑張んなさいと、小学校の時の担任も言ってくれたじゃないか——今考えてみたら、やったこともなくて結果を出したこともないのに、なんで先生はあんな適当なことを言ってハッパをかけるんだろう。やればできるなんて、やってもいないのにわかるわけないと思う。いや、それはまあ置いといて。

ポケットの中に入れてあった、テストの個人結果表をぎゅっと握りしめ——たつもりが、手応えがない。

「……あれ？」

思わず声に出してしまった俺を、力也は「どうした？」と覗《のぞ》き込む。

「え…？　う、ううん、なんでもない」

慌ててごまかし、ゴソゴソとポケット内を探ってみたが、確かに入れたはずの結果表がなくなっている。

冗談じゃないと、サーッと血の気が引いた気がした。

力也はもちろん、親にだって言いたくないような結果なんだから、できることなら先生と俺だけの秘密にしときたい。全然知らない他人にも、誰にも知られたくない。

「力也、悪い。俺、ちょっと職員室に用事あった。先教室戻ってて」

一緒に行こうか、と言う彼を「いいから、いいから」と先に行かせて、焦ってもと来た廊下を戻る。

結果表が配られたのは、今朝のH　R《ホームルーム》だ。すぐに制服のブレザーのポケットに突っ込んだ。

それは間違いない。

だとすれば、どこかで落としたんだと思う。

——どこで落とした？

さっきの順位表の前？　それとも、その前に入ったトイレ？　あとは——どこに行ったっけ。

どの通路を歩いて、ポケットからなにか出したことはあったか？

「……ないよな。ポケットん中にはあれしか入ってなかったんだし…」

ハンカチは、ズボンのポケットにある。……違う、トイレで手を拭《ふ》いた時に取り出して、ズボンのポケットに入れ替えたんだった。その前は——。

「トイレだ！」

職員室の前まで行こうとしていたのを方向転換して、トイレに直行する。順位表に張り出されるような成績ならともかく、あの点数では誰かに拾われていたら格好悪い。

大急ぎでトイレに飛び込み、床を見渡した。それらしき紙きれは落ちていない。

何人かいた男子たちに怪訝《けげん》な顔をされながら、今度は隅っこに置かれているゴミ箱を覗き込んだ。だが、駄目だ。やはりその中にも、結果表は入っていなかった。

ここでないなら、いったいどこで落としたというのか。

急ぎながらもここに来るまでの道すがら、獲物を狙《ねら》う鷹みたいに周囲をチェックしてきたつもりだ。だけど、どこにもそれっぽい紙は落ちてなかった。——ってことは、つまり。

「……誰かにすでに拾われた？」

その可能性が高い。あれには、クラスと出席番号、名前がしっかりハッキリ書かれている。拾ってくれたのが親切なヤツなら、俺に直接届けてくれるか、もしくは担任に届け出るだろう。もしも不親切どころか悪意があったとしたら——掲示板に張り出されたりして。

冗談じゃない、と思わず身を震わせる。

どうかどうか、親切な人が拾っていてくれますように、と願いつつトイレを出た。

その瞬間、神様はまだ俺を見捨ててないということを、俺は知ることになった。

「三倉《みくら》」

声をかけられたのだ。いかにも親切そうな顔をした、一人の男子に。

なんとなく見覚えのある顔だけれど、名前はわからない。

瀬央高では、入学前のアンケートで美術と音楽のどちらを選択するかが自分で申告できて、その結果でクラスが編成される。それは二年に上がる時もそのままなので、結局美術と音楽で最初に分けられてしまった生徒とは、あまり接点がなくなってしまうのだ。

今日の前にいる男子も、たぶんそのせいでよく知らない部類に入るんだろうと思った。

俺は美術選択だから、きっと彼は音楽選択だ。

でもそれにしちゃ、相手は俺を知ってる――少なくとも顔と名前は一致している――みたいだし、ただ単に俺が知らないだけか？

いや、見覚えはあるんだ。

一度見たら記憶に残るタイプというか、背が高く、明るい色に染められたやや長めの髪に縁取られた顔は、甘ったるく整っている。力也とはタイプが違うけど、わりといい男だと思う。力也がバリバリ硬派なら、ちょっと軟派系な感じっていうのかな。愛想もよさそうだし、たぶん女子にもモテるんじゃないかと思う。……って、俺ってばなんで力也と見比べてるんだろう。

俺の中の〝カッコイイ〟の基準って、もしかして力也だったりして。

密《ひそ》かに苦笑していると、彼はやはり思ったとおりの言葉を口にした。

「……お前、大事なもん落とさなかった？」

もちろん、ソッコーで頷いた。

「落とした。すげー大事…ってゆーか、見られたら困るもん。もしかして、お前が拾ってくれた？　そんで、届けにきてくれた？」

勢い込んで捲《まく》し立てた俺を、彼は面白そうに見た。その口元に、幾分人の悪そうな笑みが浮かぶ。顔立ちが整っているぶんだけ、その笑みは似つかわしくなく浮いて見えた。

ちょっと嫌な予感がして、俺は口を噤《つぐ》んでジリジリと後退《あとじさ》る。

「なに、疑わしそーな顔して。お前の言ってるの、当たってると思うよ。2－A、出席番号三十八番、三倉章悟。二学期末テスト結果、学年百八十…」

「う、うわあああっ」

仰天して大声を上げる。

彼もまた驚いたように言葉を止めて、目をパチクリさせた。

「か、返してっ」

「……どーしよーかなー」

楽しげにニヤニヤ笑いながら、彼はとんでもないことを言う。

「ど、どうしよう…って…。お前、返しにきてくれたんだろ？　わざわざ。それなのに、なんでそこで迷うわけ？」

「だって、お前面白ェんだもんよ。確かにお前にとっちゃ、他人に見られたくない成績なんだろうなー。……なあ、どうしたよ？　なんで前回から百位近く落っこちちゃったわけ？」

この時期に珍しくない？　と不思議そうに彼は聞いた。

まさか初対面に近いヤツに、ちょっと恋に溺れて勉強が手につきませんでした、とは言えな

い。だいたい、なんで初対面に近いヤツに、そんな詮索《せんさく》めいたことを聞かれなきゃいけないんだ？

「な、なんでもいいだろ！　なんでそんなこと、お前に言わなきゃいけないんだよ。それよりお前誰だよ？」

え、と彼は小さく声を上げて、困ったように頭を掻《か》いた。

「……そっかー。知らないよなー。俺、三倉とは接点ないもんな。2－F、出席番号一番、相《あい》原憲司《はらけんじ》」

名乗られた途端、ピンときた。——俺は彼を知ってる。名前を知ってる。ようやく名前と顔が一致して、思わず喚《わめ》いてしまった。

「学年九位！」

「よくご存知で」

人を食ったような口調で、相原は言った。

ご存知もなにも、名前だけなら、いつも力也の隣に並んでいるから、自然と目に入ってきていた。本当に不思議なくらい、相原憲司の名前は、テスト結果表の力也の隣にいつもピッタリと寄り添っているのだ。力也が十七位の時は十八位に、今回は力也が八位で彼が九位という具合に。

「ここまで派手に落っこちると、担任に呼び出されるぞ、絶対」

「えっ、そ…そうかな。それは……まだだけど」

「んで、聞かれるんだ。なにか悩みでもあるのか、勉強が手につかない理由があるのか、家で心配ごとでもあるのかって」

　へえ、とちょっと感心する。

「……よく知ってるな。経験談？」

　まさか、と彼は鼻先で笑った。

「俺、頑張ってるもん」

　あっさり口にされて、あーそーですか、とガックリ肩を落とす。学年九位に聞いた俺がバカだった。だいたい相原は、力也と同じく今回八人飛び越えているのだ。

「……ま、頑張ってるのは、俺だけじゃないけどな」

　つまらなそうに、彼は言った。

　そのとおりだと、密かに思う。俺がサボったのはもちろんだが、その間周囲の連中はうんと頑張っている。頑張らなきゃついていけないところを、俺は頑張らなかったのだ。派手に落っこちても無理はない。

「お前さ、なんで理数系クラス志望してんの？　ぱっと見た感じじゃ、文系のほうが向いてんじゃない？　今回はどっちも悪いけど、前回の成績見ても…」

ちなみに結果表には、参考のために前回の結果も添付されている。

「勝手にじっくり見るなよ。なあ、いいから返して…」

「理由教えてくれたら。文系じゃなく理数系志望の」

——なんでお前にそんなこと言わなきゃなんねーんだよ、と胸の内で悪態をつく。

思ったことが顔に出たのか、相原はちょっと肩を竦《すく》めた。

「……お前に関係ないだろってとこ？　実際、関係ねーんだけどさ。……お前、樋野《ひの》と幼馴染みなんだろ？　一緒に勉強したり、教えてもらったりしねーの？」

「え…？」

意外な質問に、ポカンと口を開けた。

「力也のこと、知ってんの？」

「そりゃ知ってるさ。フツー知ってるだろ？　アイツ目立つし、いろいろ活躍してるし。第一、張り出された時にいつも隣にある名前なんだから、嫌でも覚えるって」

愚問だと言わんばかりに、彼は言う。

「そっか。……なあ、相原。三学期のテストで、百二十人も抜くのって可能だと思う？」

「不可能だとは言わないよ」

間髪入れずに返された。だけど、と彼は言葉を続ける。

「恐ろしく不可能に近いとは思うけどね」

「だよなぁ、やっぱり」

ハーッと大きくため息をつく。

「なに、お前、六十位以内に入りたいんだ？」

相原はサラリと言いあて、なるほどな、と頷いた。

「樋野と同じクラスになる確率が高くなるもんな。……今のままじゃ、希望ゼロだし。お前が理数系志望してんのも、そーゆーこと？　樋野の通訳としちゃ、やっぱ同じクラスにいないとマズイからか？」

「……そんなんじゃないよ」

一応否定したものの、我ながらその声はやけに弱々しい。

「いじらしいっつーか、過保護っつーか。……樋野って、ホントはお前がいなくても大丈夫なんじゃないの？　そばにいるから頼って、甘えてるだけで」

「そんなんじゃないっつってんじゃん」

力也が俺に甘えてるとか、頼ってるなんていうんじゃないことは、この前の斉藤《さいとう》の一件で立証済みだ。俺がいなくても、力也は大丈夫。どっちかっていうと、俺のほうがヤバイ。力也と同じクラスになりたいとか、そばにいたいと思っている気持ちは、たぶん俺のほうが強い。

「フーン。……まーどうでもいいけどさ。俺、手伝ってやろうか?」

唐突に、相原は言った。

「……手伝う? なにを?」

「だから、お前が六十位以内に入るの、手伝ってやるよ」

「…って、どうやって!?」

「学期末テストまで、勉強教えてやるよ」

思いがけない申し出に、思わず目を丸くする。

そりゃあ、学年九位に教えてもらえるのはありがたい話だけれど――相原って何者? 単なる親切な人とは思えないし、それほどお節介な世話焼きタイプにも見えない。

「なんで…」

「もちろんタダでとは言わない」

なにやら引き換え条件を出されそうなのに、ふと身構える。

でも、タダで教えてやると言われるよりは、なんとなくいい感じがする。世の中は、ギブアンドテイク。タダほど怖いモノはない。

その条件とやらを聞いてみて、嫌なら断ればいいんだ。

「……そんな警戒心丸出しな顔すんなって。無茶なことは言わないから。つまり、三倉が困ってるように、俺も今困ってることがあるんだよ。で、それは、三倉が協力してくれれば解決できるかもしれないいんで…」

「そうなの？」

そうそう、と相原はニッコリ笑顔で頷いた。

こっちの警戒心をふっと緩めてしまいそうな、人懐っこい笑みだ。実を言うと、俺は愛想はいいほうなんだけど人見知りするところがあって、初めて接する相手にはなかなかすぐに打ち解けることができない。

それでも――相原はけっこういいヤツなのかも、と思わせてくれる雰囲気を持ってる。力也とは全然違うけれど、きっちり閉じた心の窓を、開けてみようかなあと思わせてくれるタイプだ。

「困ってることってなに？」

話を聞いてみようかな、と軽く彼を見上げる。

「……んー……ここではちょっと。今日、放課後時間ある？」

「うん…？」

そんなに込み入った話なら嫌だな、と思う。相原は、俺が協力すれば解決できると言ったが、見込み違いということもある。かなり無理しなきゃできないことで、しかもうっかり事情を聞いたばかりにあとに引けなくなるのでは、俺のほうが困る。

「悪いけど…」

「そんなに時間は取らせないよ。ほら、もうチャイムも鳴りそうだし。立ち話もなんだからさ」

その言葉を裏づけるように、予鈴が鳴り出した。

「じゃあ、放課後駅前のマックで。好きなもの奢《おご》るよ」

言うが早いか、彼はさっさと身を翻した。

——勉強を教えてくれるというありがたい申し出に、うっかり警戒を解いてしまったわけだが……大丈夫なんだろうか。そのうえ彼は、食い物まで奢ってくれるという。

行くのやめようか、と思ったのも束の間、俺は絶対に彼に会いにいかなければならない理由に気がついた。

「……シマッタ。返してもらってないじゃん！　結果表…！」

追いかけようかと思ったが、すぐに本鈴が鳴り始め、仕方なく教室へと向かう。

うまく嵌《は》められてしまった気がした。

親切そうないいヤツだと思ったんだけど——もしかして俺、弱みを握られてしまったんじゃないの？　結果表はまだ相原が持ってるんだし、話を聞いて、彼の持ち出す条件を引き受けなければ返してもらえないんじゃないかって気がする。

ギブアンドテイクどころか、俺のほうが分が悪くない？

とはいえ、乗りかかった船だ。しょうがない――とりあえず力也に、今日は先に帰ってくれと言わなければならない。


気を引き締めてきっちり警戒しつつ、待ちあわせ場所の駅前のマックに向かう。

たとえば、彼が脅迫めいたことを口にしたなら、強気で断ってしまえと思ってる。ひどい成績を力也にバラすと言われても、その時はその時だ。俺にとってはかなりマズイ順位でも、俺より下のヤツだっている。ここで俺があんまり自分を卑下していたら、そいつらに申しわけないじゃない？　――って、ちょっと変かな。

そんなわけで俺はかなり緊張して、マックの二階席へと到着したのだが。

「三倉ー！　こっちこっち」

屈託ない笑みを浮かべ、すでに窓際の席に座っていた相原が俺を手招いた。

ちょっと出鼻を挫《くじ》かれそうな歓迎ぶりだ。

「悪いな、時間取らせて。ほら、学校だと誰が聞いてるかわかんねーしさ。俺にとっては、ある意味カミングアウトなわけだし。……あ、そうそう。俺、うっかりしてこれ返してなかったんだよな。ごめんごめん」

明るく言って、相原はポケットからテスト結果表を取り出した。ハイ、と渡され、少々面食らいつつ受け取る。

警戒——してたんだけど、ちょっと拍子抜けしてしまう。

やっぱり相原って、悪いヤツじゃないみたい？

「なんか食う？　俺、買ってくるよ。待ってて」

「……あ、じゃあ、チーズバーガーのセット。コーラで」

わかった、と彼は階段を駆け降りていき、あっという間にトレイを手に戻ってきた。トレイには、チーズバーガーセットが二つ載っている。

「はい、ドーゾ。一つは俺のね」

気さくに言って、彼は向かいに腰を下ろした。

「んじゃ、手短に言うけど。……俺さ、実言うと、女の子駄目なんだ」

「は…？」

一瞬、頭の中が真っ白になった。

今——なんて言った？　女の子が駄目？　それって、男はＯＫってこと？　なんでそれを俺に言うわけ？　まさかコイツ、俺と力也の関係にも気づいてんのか？　ってことは、俺の弱みを二つも握られてるってことで……屈託なくあっけらかんとしてるけど、実はスゲー悪党でこれから俺を強請《ゆす》るつもりとか？

口に出してきけないそんな疑問が、ぐるぐる騒ぎ出す。

この場合、俺からはなにも言わないほうがいいんだろうか。彼の出方を待つべき？　っていうか、俺と力也のことはともかく、彼が女の子に興味がないとかいうのは彼にとってもあまり大きな声では言えないことなんだよな？　だとしたら痛み分け？

「……ごめん、驚かせて。女の子が駄目って言っても、じゃあ男ならなんでもいいって言うわけじゃないから安心して？」

——い、今のはどういう意味だろう。俺は、相原の好みじゃないって意味？　安心しろっていうのは、そういうことだよな？　いや、だからさ、なんでそういうことをわざわざ俺に言うの？

「今、俺フリーで決まった相手いないんだ。だからこういうこと頼める相手もいなくて、下手《へた》なヤツに打ち明けると、学校でバーッと広まったりするじゃん？　卒業までまだ一年あるし、居辛くなるのは困るんだ」

「それ…って…」

「三倉なら喋《しゃべ》らないだろうなって、信用して言ってんの」

あ、ちょっと今、大きな釘《くぎ》を刺された気分。口止めされたんだよな？　今のは。

「そりゃ……喋らないけど。なんで…」

「なんとなく。信用できそうなヤツだなって、思ったんだ。それに、変に茶化したりせずにちゃんと話聞いて、相談に乗ってくれそうな感じ？」

買い被《かぶ》りだよ、と言いたいけれど、そういう評価は正直嬉《うれ》しい。

誰だって、〝お前は信用できない〟と言われるよりは、〝信用できそう〟って言われるほうが嬉しいじゃない？

「……気がついたら、そうでさ。他人には言えないし、もちろん親にも言えないし、そうそう同じ嗜好《しこう》のヤツもいないしね」

あっけらかんとした彼の笑みが、一瞬ふっと苦いものになる。

俺に話すっていうのは、やっぱり本能的に似たなにかを嗅《か》ぎつけたってことなのかな、と思う。俺だって——力也に対して、他人に言えない想いを抱いてる。力也以外には、誰にも言えない。いや、斉藤は知ってるけど、そういえば彼女だってあまり他人には言えない恋を抱えてたんだっけ。みんなそうやって、無意識に同志を探り当てたりするものなのかなあ。

「三倉は、理解できなくても、忌み嫌ったり揶揄《からか》ったり、みんなに吹聴《ふいちょう》したりするヤツじゃないと思って、それで話してみようと思ったんだ」

「うん……それはいいけど…」

いったい俺のなにを見て、彼がそれほど信用してくれるのかはよくわからないんだけど、もちろん俺は彼を揶揄うつもりも忌み嫌うつもりもない。まだ自分のことを打ち明ける気にはなれないけれど、それでも突然の同志の出現にこっそり喜んでしまうぐらいだ。

「従姉妹《いとこ》がいるんだ」

相原は、ハアとため息をついた。

「今、中三で受験生。彼女は……瀬央高を受けるって言ってる」

「へえ、ウチの高校？」

そう、と彼は頷く。

「彼女の家は横浜《よこはま》なんだ。通って通えない距離じゃないけど、もし受かったらウチに下宿するって言い出した」

「そうなんだ？　可愛《かわい》い？」

――なんで女の子の話をする時、いつも一番に「可愛い？」と聞いてしまうんだろう。相原の従姉妹が可愛いとか可愛くないとか、俺には関係ないことなのに。

る。

「相原の従姉妹だもんな。お前んとこって、美形揃《ぞろ》いって感じ」

ふと、彼は頰《ほお》を僅《わず》かに赤らめて俯《うつむ》いた。だがすぐに気を取り直したように、キッと顔を上げ
「彼女は、俺と結婚する気でいる」

「へー……って、ええっ⁉」

従姉妹って結婚できるんだっけ？　いや、それより、この年で結婚相手が決まってるってこと？　ちょっと待て、相原はさっき女は駄目って言ったよな？

「……酒の上のちょっとした冗談のつもりだったんだと思うんだ、最初は。でも、香織《かおり》が――あ、従姉妹の名前、香織っていうんだけど――本気にしちゃったんだよ。本当に俺と婚約したつもりになって、ウチの母親がまた香織を気に入って可愛がってるもんだから、結婚すればいいじゃないのって無責任なこと言ってたきつけて…」

気の毒に、と思わず同情してしまう。

「瀬央高に受かったら、一緒に暮らせるし、ついでに花嫁修業するとか言い出した。……そんなのは迷惑だから、やめてほしいんだ。とりあえず、べつの高校を受験させたい」

「相原、自分は女の子駄目だって、彼女には言った？　それとも言いたくない？」

聞きながらも、そりゃあ言いたくないだろうなあと思う。

彼女だけに止まらず、下手すれば親や親戚にも筒抜けだ。それじゃあ相原がいたたまれないだろうし、頭ごなしに非難されないとも限らない。

「言ったさ」

ところが彼は憤慨したように、そう口にする。

「えっ、言ったの?」

「ああ。……俺は、お前とは結婚できないってハッキリ。でも、香織は信じない」

「……フーン」

相原は、ハーッと大きなため息を落とす。

「香織ちゃんってさ、お前のことがすげー好きなんじゃないの?」

「たぶんな」

たぶんではなく、間違いなくそうだろう。だから、酒の上の冗談だとわかっていても、それをチャンスだとしがみついたのだ。それに好きな相手が、同性にしか興味がないと告白したって、普通簡単には信じられない。

「だから、三倉に協力してほしいんだ」

「協力?」

なんでここで俺が登場するんだ？　と首を傾《かし》げる。

「さっきも言ったけど、今俺フリーなんだ。だからよけいに、香織は俺がゲイだってことを信じない。そこで三倉には、俺の恋人になってほしい」

さらりと告げられ、目が点になった。

「……お前、なに言ってんの？　なんで俺が——嫌だよ」

「フリするだけ。恋人のフリ」

「だからさー、なんで俺がそんなことしなきゃなんないんだって。そりゃあ、お前のことは気の毒だなーって思うよ。思うけど、俺、嫌だよ。香織ちゃんのこと騙《だま》すんじゃないか。そんなの可哀相《かわいそう》だ」

「三倉、俺のことは気の毒で、香織は可哀相？　どっちの味方だよ？」

そんなことを聞かれても、困る。俺はどっちの味方でもないと思うんだけど——。

「とにかく、その気もないのにつきまとわれんのは嫌なんだよ。周囲固められて、気がついたら逃げらんなくなっちゃってんのも嫌なの。俺が女は駄目で男が好きだって証拠見せりゃ、あいつだって認めざるを得ないだろ？　そうすりゃ、瀬央高の受験もあきらめるかもしれない」

「だったら、俺じゃなくてほかに適任がいるんじゃないの？　もっと親しいヤツに頼めば…」

「だからァ、そのへんにゴロゴロしてるようなヤツじゃ駄目なんだよ。香織は可愛いんだ。しかも、自分でもかなり自信持ってる。あいつが〝敵わない〟と思うようなヤツじゃないと…。三倉なら、絶対大丈夫。お前、可愛いし綺麗だし、性格もよさそうだしっ。お前連れていけば、香織も負けたと思ってあきらめる」

——今のは、褒められたんだろうか。

だとしても、あまり嬉しくないような感じなんだけど。

「そんなの買い被りだよ。俺なんか…」

「なに、お前、自覚してねーの？」

呆《あき》れたように、相原が言う。

「自覚？　なにを？」

「……わかってないんならべつにいいけど。とにかくさ、俺はお前を学期末テストで必ず六十位以内に入れてみせる。今回の結果が悪かったことを、樋野にも内緒にしてやる。その代わり、一日だけ俺につきあってくれ。恋人のフリして香織に会ってくれ。頼む。お前はただ、黙って俺のそばにいてくれるだけでいいから」

顔の前で手をあわせ、彼は深々と頭を下げる。

こんなふうに頼まれたのでは、断れない。条件は俺にとって悪くないんだし、ここで断ったら俺ってばひどいヤツじゃん？

たった一日、恋人みたいな顔をして相原の隣にいるだけ。従姉妹に会って、それらしく適当に話したり頷いたりするだけ——それぐらいのこと、してあげてもいいよな?

もちろんこれは力也には言えそうにない。言ったら、なんで協力するような事態になったのかも説明しなきゃなんないだろうし、なんとなくこういうことは力也は嫌いなんじゃないかなって思うんだ。

「一日だけだぞ、フリすんのは」

仕方なく口にする。

と、相原はパッと顔を上げた。キラキラした瞳が、俺を正面から凝視《みつ》める。

「いいのか!?」

「……だから、一日だけだってば。筋書きとか、ちゃんとお前が考えろよ。フリっつったって、俺どうすりゃいいのかわかんねーからな」

わかった、と彼は頷いた。

「心配しなくていいよ。三倉には絶対迷惑かけないようにする。ありがと! マジで助かったよ。一生恩にきる!」

「……んな大袈裟《おおげさ》な…」

ハハ、と力なく笑う。

心が重いのは、力也に秘密を持ってしまったからだろうか。

毎日帰りに図書館の自習室で勉強を教えてもらうことを約束し、相原と別れた。

いつも一緒に帰っていた力也に、なんて言おうかと考える。バイトでも始めたことにしようか。……いや、嘘はよくない。嘘をつくのと秘密を持つのとでは、嘘をつくほうが罪深い気がする。

黙っていよう、と思った。

力也のことだから、俺が言いたくなさそうにしたり適当に言葉を濁したりするだけで、雰囲気を察して、問い詰めたりせずに黙って見守ってくれるだろう。全部終わって、無事力也と同じクラスになれた暁には、ちゃんと隠さずに打ち明けよう。

力也はきっと待っていてくれる。今までだって、そうだった。彼はいつも、俺を尊重してくれるんだ——と思っていたのだが。

「最近、帰りにどこ寄ってるんだ？」

不機嫌のオーラをあからさまに撒《ま》き散らしつつ、力也がそう聞いたのは、勉強会を始めてたった三日目のことだった。毎日「先に帰って」と言うのもなんなので、今日「しばらく一緒に帰れないから」と告げたのだ。

「あ……うん、ちょっとね」

「俺には言えないとこか？」

言葉を濁すと、珍しく力也はなおも尋ねてくる。

「そんなんじゃないよ」

「じゃあどこ？」

たたみかけられ、ぐっと言葉を詰まらせた。

どうしよう、言ってしまおうか。もしかして、隠すほどのことじゃないんじゃないか？　あ、でも俺の順位を知ったら、力也は呆れるに決まってる。そんなにバカだったのかと、嫌われるのは絶対嫌だ。

逡巡《しゅんじゅん》している俺をどう思ったのか、彼は黙って踵《きびす》を返した。

「…力也……？」

——怒らせた？

慌てて呼び止めようとしたものの、伸ばしかけた手をきゅっと握って引っ込める。

これもみんな、来年一緒にいるためだ。今俺が我慢して頑張ることで、きっと薔薇《ばら》色の未来が待っている！

心を鬼にして彼の背中を見送り、俺もまた図書館に向かうため帰る支度をした。

昇降口に行き、下駄箱の前で靴を履き替える。力也の靴箱には、もちろんもう上履きが入っている。

なんとなくもの淋《さび》しい気分でそれを眺め、ふうと小さく息をついた。その時。

「三倉くん」

ふいに声をかけられ、顔を上げる。

「あ…」

斉藤里菜《りな》が立っていた。相変わらずの勝ち気そうな瞳で、俺をじっと見ている。

「なに?」

「樋野くんは?」

——おいおい、まだ力也のことあきらめてねーのかよ、と一瞬ふっと、もやもやしたものが胸に込み上げる。

「……先に帰ったけど」

「なによぅ、そんな嫌そうな顔しなくてもいいじゃないの。べつに樋野くんを追いかけ回してるわけじゃないわよ。ここんとこ二人別行動だから、どうしたのかなっと思って聞いただけでしょ」

なんだ、と肩の力を抜く。

「昨日も樋野くん、先に帰ったみたいじゃない？　喧嘩《けんか》？」

「バーカ、そんなんじゃねーよ」

斉藤は「だよねぇ」なんて、呆れたように笑った。

「まあね、この私をフッたんだから、あんたたちには簡単に駄目になってほしくないんだわ」

フラレたのはもう何万年も前のことなんじゃないか、と思えるほどサバサバしたようすで、彼女はけろりと口にする。

「でないと、私が可哀相じゃない？　…なーんて、もし駄目になったらもう一度トライしちゃうけど」

「……お前、新しい彼氏探せよ」

「大きなお世話」

斉藤は、イーと歯を見せた。

「それより、お兄《にい》ちゃんからの伝言聞いてくれた？」

なにそれ、と首を傾げる。

「やだ、聞いてないの？　昨日、樋野くんに言ったんだよ」

「力也に？」

斉藤の兄貴——淑人《としひと》からの伝言だって？　なんだそれは。力也からはなにも聞いてない。それだけじゃなく、昨日斉藤と話したなんてことも初耳だ。

「嘘ォ、本当に聞いてないんだ？　今日、口きいてないってこと？　やっぱり喧嘩してんじゃないの」

「違うよ。……言い忘れたのかもしれないし」

「そうかなあ？　昨日、一緒に〝楓《かえで》〟に行ったんだよ」

それは聞いてる？　と尋ねられて、「えっ」と思わず声を上げる。

〝楓〟というのは、学校の近くにある甘味処《かんみどころ》だ。甘党なわけでもない力也が、彼女と二人きりでそんな店に入るなんて考えられない。

「あら〜、樋野くんってば、三倉くんには内緒にするつもりだったのかしらァ」

思わせぶりに、斉藤はちらりと横目で俺を見る。

「…っか、んなわけないだろ。言い忘れたんだよ、絶対」

「フーン、ま、そういうことにしといたげるわ」

「で？　淑人さんからの伝言ってなんだよ」

斉藤はなにか言いかけようと唇を薄く開けたが、すぐに思い直して肩を竦める。

「樋野くんに聞いて。私、樋野くんにちゃんと言ったもん」

「おい」

「それとも、やっぱり喧嘩してるから聞けない？」

しつこく口にして、彼女は俺を覗き込んだ。

「バカ野郎、違うっつってんだろ。俺はただ…」

「ただ、なに？」

「――……なあ、お前、淑人さんのことならなんでもわかる？」

どういう意味かわからないと言いたげに、斉藤は首を傾げた。

「だからさ、お前は淑人さんと兄妹《きょうだい》だし、……好きだったわけじゃん？　だったら…」

バカじゃないの、と彼女は言った。

「わかるわけないじゃないの。いくら兄妹でも、好きでも、相手のことが全部わかるわけないし、わかってると思ってたとしたらそれはただの思い込みよ。わかんないから、焦って、必死だったんだから。三倉くんだって、そうでしょ。樋野くんのこと、いくら幼馴染みだからってなにからなにまでわかってるわけじゃないでしょ」

「わかってる……つもりだったんだけど…」

「だから、それは思い込みよ。思い上がってるだけでしょ」

相変わらず、彼女の言葉は辛辣《しんらつ》だ。

「それは…」

「じゃあ、想像できる？　昨日の樋野くん。〝楓〟でなに食べたか。私と一緒にいる時の樋野くんが、どんなふうでなにを話すのか」

答えられなかった。

第一、フッたはずの斉藤と甘味処に行くことすら、力也にできるはずがないと俺は思うのに。

「せいぜい悩んでね。今の三倉くんには、樋野くんをあげたくないわ」

「…あげたくない…って、力也はお前のもんじゃねーだろ」

「三倉くんのものでもないでしょ」

じゃあね、と彼女はさっさとCクラスの下駄箱に向かい、靴を履き替えると昇降口から飛び出していってしまう。

「……俺のものだよ…」

つい虚勢を張って呟いた言葉は、自分のものじゃないみたいに弱々しくて情けなかった。

確かにわからないことだらけだ。

それも、ここ最近——ただの幼馴染みという関係でなくなってからのほうが、力也のことがわからなくなってきた。

もしかしたら、力也もそう思ってはいないだろうか。

斉藤と話していたせいで、約束の時間から少し遅れて図書館に着いた。相原はもう来ていて、自分の宿題らしきものを広げている。

「遅かったじゃん」

「あ……うん、ごめん」

「もしかして、樋野とモメてた?」

さりげなく聞かれて、そうじゃないけど、と口籠《くちご》もる。

「なあ、もうすぐ二学期終わりじゃん。冬休み中はどうする?」

彼はすぐに話題を切り替えた。

「冬休みかァ。どうしようかな。俺はいいけど、相原は? 忙しいんじゃないの?」

「全然忙しくないよ。じゃあ、時間決めてここで会おうか。ホントは試験休みがあれば、今だってもっと時間取れるんだけどな」

自習室にパラパラといる私服姿の連中を眺めて、彼は言った。

彼らは試験休み中らしく、早い時間からここに来ているらしい。瀬央高には、試験休みがないのだ。以前はあったらしいが、テストが終わった解放感からハメを外す生徒が目立った年があり、そのせいで試験休みは廃止されてしまった。おかげでテストが終わってからも、終業式近くまでびっしり授業が入るようになったのだ。半日で終わるのは、終業式前日だけだ。

「三倉、クリスマスイヴは時間ある?」

その問いかけには、曖昧《あいまい》に肩を竦める。

特別な約束はしていない。でも、クリスマスイヴといえば、やっぱり一番好きな人と一緒に過ごすものじゃないか?

「授業は午前中で終わるだろ? 前に話した、従姉妹の香織がウチに来るんだ。悪いんだけど、ちょっとつきあってもらえるかな」

「あ——……そっか、…うん、わかった。そんなに時間はかからないよな?」

「たぶん、それほどは…」

わかんないけど、と彼はつけ加える。

どっちにしろ、夜まではかからないだろう。せめてイヴの夜くらい、力也と二人で過ごしたい。考えてみるまでもなく、毎年そうだったのだ。特別な意味を持たないころから、イヴには二人でケーキを食べて、ゲームをしたりゴロゴロしたりしてた。今年はもしかしたら少し意味あいが違ってるかもしれないけれど——二人でいたい。

力也もそう思っていてくれるだろうか。どっちにしろ、一度ちゃんと話したほうがいいという気になっていた。どこまで打ち明けられるかどうかはともかく。

「じゃあ、いいかな。当日は、香織がいる時間にあわせて…」

「いいよ、約束だもんな」

自分にも言い聞かせるように口にした。

相原はなんだか複雑な顔つきで頷くと、「じゃあ始めようか」とテキストを広げる。さすがに学年九位だけあって、彼の教え方は的確でわかりやすい。もちろん、力也ならもっといいかも、と思わないこともないのだけれど、彼とだと落ち着いて勉強に専念できないかもしれないし、家庭教師としては相原のほうが適任な気がする。

力也と過ごす時間が短いのは淋しいけれど、目先の楽しさよりも未来の幸せのためだ。目標があるんだから、いくらだって頑張れる。


「章悟」

帰り道、力也の家の前を通り過ぎようとしたら、二階の窓から呼び止められた。

「遅かったな」

怒ったような声に顔を上げてみたが、外からでは大きなシルエットだけで表情まではわからない。

「上がってこいよ」

有無を言わせぬ口調で、彼は続ける。

なんとなく嫌な予感がして、本当はこのまま自宅に逃げ込んでしまいたかったのだけれど、そうもいかないから覚悟を決める。力也はすぐに窓を閉め、階下へと降りてきて玄関のドアを開けた。

入れよ、と告げられ、黙ってそれに従う。

靴を脱ぎながら、ちらりと盗み見た彼の表情から、感情はあまり読み取れない。さほど不機嫌な感じはしないけれど、もちろん機嫌がいいというのでもない。よくわからない。子供のころは、もっとストレートに感情が伝わってきた気もするのに——。

きりりと引き締まった唇が視界を掠《かす》め、そういえばしばらくキスもしてなかったなあと思った。あれきり力也は、俺を抱きたいとは言わなくなったし、なんとなく気まずかったこともあって二人きりにならないようにしてたんだった。

「おばさんは？」

せめて家の人がいればいいいんだけどと思ったが、そうそう俺の思いどおりにばかりことは進まない。

「明日、親戚《しんせき》の結婚式があるんで、今夜から二人で行ってるんだ。朝早いからって」

「そうなんだ？　じゃあ、力也、一人？　晩飯ウチで一緒に食おうぜ」

「お前んとこ、叔母《おば》さん来てるんだろ？」

うん、と頷く。

「いてもいいじゃん？　力也も知ってるだろ、玲子《れいこ》叔母さん」

知ってるけど、と彼は言葉を濁した。

「んー……もう知ってるんだよな？　叔父《おじ》さんが浮気しててさー……一度は話しあってやり直すっつって家に戻ったんだけど、やっぱ駄目みたいで…」

叔父さんは謝ったらしいけれど、どうしても許せなかった叔母さんは結局ストレスから身体を壊してしまい、見かねた母が連れ帰ったのだった。もうやり直せないと泣いていた叔母さんの姿を、廊下からこっそり盗み見ただけで、俺は声をかけることもできなかった。

「いっぺん拗《こじ》れると難しいんだな。俺、詳しいことはよくわかんねーけど」

力也は黙って頷き、自室へと向かう。つられて階段を上りかけたものの、行かないほうがいいんじゃないのかな、とちらりと考えた。

「章悟？」

途中で足を止めた俺に気づいて、力也が振り向く。

いや、覚悟を決めたんだから、と「なんでもない」と慌てて残りの段を上がった。

久しぶりに彼の部屋に入り、定位置のベッドに腰を下ろす。瞬間、ベッドはマズイかなと思ったのだが、意識しすぎるのも変な話だ。今までは——ずっと平気だったんだから。

力也はドアを閉め、まっすぐに俺の隣までやってきた。そのまま触れそうなほど近くに、腰を下ろす。

ギョッとして、思わず身が強張《こわば》った。

ベッドはこんなに広いのに、わざわざこんな近い位置に座るなんて——ちょっと反則だ。いや、そんなふうに考える俺が意識しすぎてるのかな、やっぱり。

「な、なあ、お前はどう思う？　好きで結婚したのに、月日が経つと気持ちって変わっちゃうのかな。なんで叔父さん、浮気なんかしたんだろう。叔母さんのこと、嫌いになったのかな。それとも、ほかに目移りしただけかな。ホントにもう駄目かな……離婚するのかな、な、力也……」

息もつかずに捲し立て、ふと口を噤む。

力也が間近で、俺をじっと見てる。なにもかも見透かすような、痛いくらいの視線だ。

「……力也、なに？」

「お前の叔母さんのことはよくわからないけど……わかりあおうと努力することは大事だと思

う」

含みを持たせたような台詞《せりふ》に、頷くでもなく俯いた。

「——二丁目の公園、今ライトアップしてるだろう？　デカいツリー飾ってて、綺麗だってウチの親が言ってた。クリスマスイヴに、一緒に見にいかないか？」

突然彼は、話題を変える。

クリスマスイヴ、という言葉にドキッとしたものの、ライトアップというからには夜なのだろうと考える。

「…って夜だよな？　夜ならいいよ。一緒に行こ」

パッと顔を上げて明るく言ったのに、力也は眉間《みけん》にスウッと皺《しわ》を寄せた。

「夜ならい？　昼は、なにか予定があるのか？」

こういうところ、力也は鋭い——っつーか、今のは俺がマズったのか？

「え、えーと…」

「章悟」

言いわけしようとするのを、低い声が遮る。

「お前、俺に隠れてなにしてる？」

「隠れてなんか…！」

人聞きが悪いな、と苦笑してごまかそうとした。が、これくらいでごまかされるようなチョロイ男じゃないことは、俺が一番よく知っているのだ。

「子供の時からのつきあいだ。章悟がなにか隠そうとしてるのなんか、とっくにわかってる」

責めるように、力也が言う。

なまじ後ろ暗いところがあるものだから、その言い方がカチンときた。確かに俺は力也に隠しごとをしてる。だけど、じゃあ力也はなんだよ？　力也だって——。

「お前はどうなんだよ」

「え？」

まさかの反撃だったのか、彼はキョトンと目を丸くした。

「デートしたんだろ。昨日の帰り、斉藤と〝楓〟で！」

間髪入れずに「あれはデートなんかじゃない」と、力也は反論する。

「……フーン、どうだかね。じゃあ、なんで俺になんにも言わなかったんだよ。ちょっとした浮気気分だったんじゃないの？　フッた女と、今さらなに考えて仲よくしてんだよ！　あいつはまだお前のことあきらめてないんだし、変な気を持たせるような真似してんじゃねーよっ」

「言うほどのことじゃないから、言わなかっただけだ。章悟が誤解するようなことは、なにもない」

気まずさから、つい声を荒らげてしまった俺と引き換え、彼の口調はあくまでも冷静沈着だ。

「なにもない？　……嘘ばっか。斉藤からの伝言を、俺に伝えないのはなんで？　なんか思惑があるんだろ！」

力也の瞳がちょっと揺れた。

図星なのかも、と彼を責めた言葉が、反対に俺自身を傷つけたのがわかった。

俺ってば――バカみたい。今のは、なんだか自虐的だった。力也が斉藤のことを憎からず思っているんだとしたら、それは俺にとって歓迎すべきことじゃない。わかっていながら、なんで自分で聞き出そうとしたりすんの？

もうやめようと思うのに、力也が反対に聞き返してくる。

「伝言……斉藤から、聞いたのか？」

「内容は聞いてない。斉藤は、力也に伝えたから力也から聞けって言った」

ところがそこで彼が黙ってしまったので、せっかく抑えようとした気分がまたイライラと騒ぎ出してしまう。

「で？　なんなんだよ、淑人さんからの伝言って。なんでちゃんと伝えないわけ？」

「べつにたいしたことじゃない」

ボソリと力也は吐き捨てた。

「……ちょっと待てよ。それはお前が判断することじゃないだろ！　俺に伝えもしないで、勝手に握り潰《つぶ》していいわけないじゃん！」

「じゃあ、言うけど」

むすっと苦虫を噛《か》み潰したような表情を崩さずに、彼は渋々口にする。その手がふいに俺の手首を摑《つか》んで、咄嗟《とっさ》に振り払おうとしたが敵《かな》わなかった。

「力也？」

ぐっと、手に力が籠る。

「お前……痛いよ、離せよ」

だが、力は緩まない。それどころか、強引に引き寄せられそうになって、内心ひどく焦った。

「力也！」

「言うけど、それは章悟が俺の質問にちゃんと答えてくれてからだ」

引き換え条件を出されて、ドキンと心臓が一つ跳ねた。

「な…に…？」

「前に聞いた時にも、結局はぐらかされたんだよな。……お前、斉藤の兄貴とはなんだったんだ？」

「……なにって――」

なんでもねーよ、と小さく呟く。

実際、なんでもなかった。淑人とは何度か出かけただけで、ちょうど力也のことで悩んでいた時だったけど、具体的になにか相談に乗ってもらったりはしなかったと思う。もちろん彼の存在が、力也への気持ちを認めるきっかけにはなったけど——それは、この際関係ないだろう。

だいたい、そんな何か月も前の話を、なんだって蒸し返すんだ？　っていうか、蒸し返さずにはいられないような伝言を伝えるように言われたのか？　淑人の伝言って、いったいなんなんだよ！

「本当は、今でも連絡取ってるんじゃないのか？」

突拍子もないことを、力也は言い出した。

これって嫉妬《しっと》？　だとしたら、勘違いも甚だしい。嫉妬するだけ無駄じゃんか！

「お前、なにバカなこと言ってんの？　俺と淑人さんが連絡取りあってんなら、わざわざ斉藤に伝言なんか頼むわけねーだろ」

力也はそんなこと百も承知で、ただそれは淑人のことを引きあいに出しただけなのだと、次の言葉でわかった。

「じゃあ、今は誰と会ってるんだ？」

「誰と…って…？」

「毎日毎日、誰とどこに行ってる？　イヴにもそいつと会うのか？」

――ある意味当たってる。でも、そんなんじゃない。相原と会うのは、力也のためだ。来年、力也と一緒にいるためなのだ。

「力也……うわ…！」

いきなり体重をかけられて、受け止めきれずに後ろに倒れ込みそうになる。

いくらベッドの上でもある程度の衝撃を覚悟したのだが、素早く背中に回された腕が抱え込むように守ってくれる。

ぐるんと目の前が回って、次の瞬間には視界が変わっていた。真上から覗き込んでくる力也の肩越しに、白い天井が見える。

「……り、力也…？」

「月日が経って、気持ちが変わったのはお前なんじゃないか？　叔父さんの話に託《かこ》つけて、それとなく俺に知らせようとした？　そんなまだるっこしいことしなくても、ハッキリ言えよ。本当は、俺のことなんか嫌だって。男のくせに、お前を抱きたいなんて――変態じみてるって」

自嘲《じちょう》気味に吐き捨てられた台詞に、仰天した。

「そんなこと、思ってない！　俺、気持ちが変わったりしてない！」

「じゃあ、前と変わらずに俺を好きだって言うのか？」

「好きだよ！」

決まってんだろ、と訴えた。

好きで好きで――前と変わらずどころか、前よりももっと好きになってる。だから困ってる。好きという気持ちだけじゃなく、知りたくなかった嫉妬とか不安までが育ってしまった。

「だったら、いいよな？」

なにが、と聞く暇もなかった。

力也の手が容赦なく伸びて、俺の股間《こかん》を弄《まさぐ》る。ズボンの上から握り込まれて、軽く揺すられただけで、いっきに身体中の血が集まってどくどくと脈打ち始める。

「…や――」

「章悟」

囁《ささや》いた唇が、激しく口接《くちづ》けてくる。思わず上げかけた声を奪われ、息も舌も絡め取られてしまった。

肩も腕も、胸も足も、思うように動かない。

まるで縫い止められてしまったみたいに、動けない。

「ん……――んっ、…あ……」

セーターの裾《すそ》を捲り上げられ、ワイシャツの前をはだけられる。直接触れてきた掌《てのひら》の熱さに、さあっと肌が粟立《あわだ》った。

「力也…！」

うまく動かない腕を、彼の胸に突っぱねる。押し退《の》けようとしたが、固くて厚い胸板はびくともしない。

「力也、待って！　待ってってば…！」

彼のシャツを指で握りしめ、ぐいぐいと引っ張って離そうと試みた。でも、うまくいかない。

「力也ァッ!!」

情けないけど、半分泣き声になった。と、ピタリと力也の動きが止まる。

ゆっくりと彼は力を抜いて、ほんの少し離れた位置で俺を見下ろした。その顔は、なぜかひどく悲しげに見える。

「……まだ嫌か？」

「だって――」

嫌じゃない。嫌なんじゃない――と思う。ただ、ほんの少しだけ躊躇《ためら》ってる。頭ではもうとっくに、力也としてもいいと思ってる。力也を俺のものだと思いたいように、力也のものになっていい。それなのに、なにが俺を足踏みさせてるんだろう？

「こんな……急には……」

「急じゃねーだろ」

全然急なんかじゃない、と彼は言った。そのとおりだと、俺は項垂《うなだ》れる。

「結局、嫌なんだ。そうだろ？」

「……もうちょっと待ってほしい」

「もうちょっとって、いつまで？」

力也はこんなにせっかちだったっけ、と意外な感じがした。それとも、俺が待たせすぎてる？　べつに勿体《もったい》ぶってるつもりはないんだけど、結果的に俺ってばお高くとまってる女みたいかなあ？

「だから——は、春までとか？」

苦し紛れに口にすると、力也はハーッとため息をついて俺から離れた。

たった今まで押さえつけられて密着していた身体の隙間《すきま》に、すうっと風が入り込む。なぜか物足りないような頼りなさが込み上げて、心の奥底に疼《うず》いていた不安がまた頭を擡《もた》げる。

「……力也」

「最近の章悟は、すごく遠い感じがする」

ぽつりと、彼は呟いた。

「力也」

「手を伸ばせば逃げるし、といって嫌いになったんじゃないって言うし。俺には、わかんねーよ」

「そんなの…」

自分にだってわからないのだから、力也にわかるように説明するのは難しい。

好きなのに——ううん、好きだからややこしくなっちゃったのか？　いっそ幼馴染みのままなら、こんなことで悩まなかった。もっとわかりあえてた…？

「両想いになったんだって浮かれてる場合じゃなかったな。最近の章悟は隠しごとばかりだし、前にお前が言ってた……気持ちが変わることで関係が壊れるっていうのは、こういうことだったんだな」

「なに言ってんの、力也」

彼の台詞に驚いて声を上げる。

「そんなんじゃないよ。違うじゃん！　ただ俺は——…なんでもかんでも報告しなきゃなんないってことはないだろ！　幼馴染みの時でも、わかりあえてるつもりで本当はわかんなかった。わかったつもりになってただけだ。それが一歩進んで……両想いになっても、恋人同士でも、わかんないことなんか山ほどあるじゃん！　俺だって、斉藤に聞かなきゃ、昨日お前が斉藤と会ってたってことも知らなかった」

「章悟」

咎《とが》めるように、彼は俺を呼んだ。

「責めてないよ。……それでいいんだって。お互いの世界があっていいんだ。わかんないことがあってもしょうがないじゃん。だから、俺のことも責めるなよ。俺だって…」

力也はやるせなくかぶりを振った。

「……わかったよ。章悟には章悟の世界があるってことだろ」

勝手にしろと言わんばかりの口ぶりに、また一つわだかまりが増えてしまったことを知る。

なんでこうなっちゃうんだろう。

こんなことが言いたかったわけじゃない。隠しごとをしたいわけでもないのに。

「力也、俺は…」

「帰ってくれ」

「力也！」

彼は、ふいと背を向けてしまう。

「……元気でやってるか。なにか悩んでたみたいだったのに、相談に乗ってやれなくて悪かった。うまくいくことを祈ってる——……斉藤の兄貴からの伝言は、それだけだ」

振り向かずに、力也は言った。

それきり、俺が部屋にいるのも無視するように、机に向かってしまう。

彼の背中から立ち上る拒絶のオーラに、俺はなにも声をかけることができなかった。黙って彼の部屋を出て、玄関で靴をつっかけ、自宅に戻った。

走れば一分もかからない距離なのに、ものすごく遠い気がした。

これは——本当に恋愛だろうか。

俺は、力也に恋をしているのか?

……わからない。

恋愛という名前がついた途端、俺たちはうまくいかなくなった。幼馴染みのままならよかった。なんの問題もなかった。

それなのに——もう戻ることもできない。

「全然、うまくなんかいかねーよ。祈り方が足りねーんじゃないの……淑人さん…」

胸の奥から、苦いものが込み上げてきた。

□■□

力也《りきや》と気まずいまま、クリスマスイヴがやってきた。

あれからここ数日間というもの、力也とはほとんど口を聞くこともなかった。クラスの連中があれこれと気にして聞いてくるのだけれど、俺《おれ》も仲直りのきっかけが摑《つか》めない。さりげなく何度か声をかけてはみたものの、返ってくるのはいつもの数倍は無愛想な返事だ。そういう時の力也にはなにを言っても無駄なんだと、長いつきあいだから察することができる。

今までならば、そういう時の力也がどうしてほしいのかとか、なんて言ってほしいのかもなんとなくわかってた。でも、今は駄目だ。肝心な時に、一緒に過ごした年月の重みは邪魔をするばかりで、ちっとも役に立ってくれない。

なんで駄目なんだろうなあと、ため息をつくばかりだ。

力也との、二丁目の公園のイルミネーションを一緒に見にいこうという約束も、本当に実行できるのか不安になってきてしまう。

「……とりあえず、相原《あいはら》との約束は守んなきゃな…」

あまり気は進まないけれど、約束どおりずっと勉強を教えてもらっていることだし、今さらドタキャンはできないだろう。

二十四日の授業は無事に半日で終わったので、いったん家に帰ることにして、相原とはそのあと待ちあわせることになった。彼の家までは電車でひと駅だ。駅前まで迎えにきてもらうことにし、昼食をすませて私服に着替える。

今日の帰りも、力也とは別行動だった。

「今夜どうする?」と聞く隙《すき》も与えてもらえず、一人で帰途についたのだ。でも、相原んちから帰ってきたら、まっすぐに力也を訪ねようと思う。それで、仲直りするんだ。力也がどんなに怒りのオーラを撒《ま》き散らしていたとしても、めげずに粘ってみる。

そんな決心を固めてから、待ちあわせの場所に向かった。

相原は先に来ていて、改札から出てきた俺を見つけると駆け寄ってきた。

駅前は賑《にぎ》やかで、あちこちの店からクリスマスソングが流れてきている。洋菓子屋の前では、サンタの格好をした店員がケーキを売ってて、通り過ぎる人々の顔もどこか楽しげだ。

「悪いな、今日はよろしく頼む」

相原は手を顔の前に立てて軽く頭を下げ、悪戯《いたずら》っぽく片目を瞑《つむ》った。

「もう来てるの?　香織《かおり》ちゃん」

「ああ。ウチの母親とクリスマスケーキ作ってるよ。今夜はパーティーだって、はしゃいでる」

フーン、と頷《うなず》きながらも、なんだか胸が痛む。

相原のことが好きで一緒にクリスマスを過ごすのを喜んでいるのだろうに、その直前に彼から同性の恋人を紹介されるというのはどういうものだろう。傷ついて、クリスマスなんか大嫌いになっちゃわないだろうか。日をあらためたほうがいいんじゃないのかなあ。

「三倉《みくら》はなにも言わなくていいから。俺の言うことに、頷くだけでいいよ。軽くスキンシップするかもしれないけど……肩抱くくらいならＯＫ？」

「……いいけど」

当の相原が着々と計画を進めようとしているので、結局なにも言えずに並んで彼の家までの道を歩く。

駅前の商店街を抜けて、すぐのところに彼の家はあった。

家の前のポーチには、植込みに電飾らしき豆球がかけられている。夜になったら、ここもきっと電気を点《とも》すのだろう。

「ただいまー」

先に入った相原が声をかけると、奥から「おかえりなさーい」という声と一緒にパタパタ駆けてくる音が近づいてきた。

現れたのは、予想どおりの可愛《かわい》い女の子だ。

肩まで伸びたまっすぐな髪を三角巾《さんかくきん》できちんと留めて、白いレースのエプロンをしている。

「いらっしゃいませ」

彼女は俺に向かって、ペコリと頭を下げた。

「……は、初めまして」

おどおどとお辞儀をすると、彼女も「初めまして」と返してくれる。

「彼が三倉章悟《しょうご》だよ。……こっちは、佐野《さの》香織」

相原に紹介され、彼女はパッと顔を上げ、俺と目があうなりニッコリ笑った。

この反応は——なんだろう?

まだ俺が恋人だと聞かされていないのか? ただの友達だと思って、愛想よく振る舞ってるとか?

「憲《けん》ちゃん、やっぱり面食い〜。三倉くん可愛いし、格好イイ〜。並ぶと絵になるし、素敵ィ〜」

予想外の台詞《せりふ》に、肩透かしを食らったような気がして、思わず相原の顔を見る。

「香織、会わせてもらうの楽しみにしてたの。嬉《うれ》しぃー。ねっねっ、早く上がって。もうすぐケーキが焼けるから。それまで憲ちゃんのお部屋で待ってて? 待つ間、家で焼いてきたクッキーを食べてみて。お茶の用意して、持っていくから」

「わかった」

はしゃぐ香織に、相原がなにごともないような顔をして答えている。

——なんか変。

二人を見ながら、考える。

彼女の態度は、俺のことをまったく知らないものとは思えない。事前に、相原からちゃんと聞かされてる。そのうえで、あんなふうに好意的なわけだけど……。

相原を好きで結婚したいとまで考えているんなら、俺は恋敵のはずだ。嫌味を言われたり、無視されたりするのは覚悟してきたけれど、歓迎されるなんて思ってもみなかったし——ありえないんじゃないの？

そのまま二階の相原の部屋に通された。

きちんと片付いた、シンプルな部屋だ。どうぞ、と言われて、中央に敷かれた毛足の長いラグの上に腰を下ろした。

「……相原」

「可愛いだろ。……まだ子供っつーか、無邪気で、そのくせちょっとマセててさ」

ハハ、と彼は取り繕うように笑う。

「…ってゆーかさ、お前から聞いてた話と全然違う気がするんだけど」

相原の顔から、笑みが消えた。

「香織ちゃん、俺のこと知ってんだよな？　お前から、話してあるんだよな？　だとしたら……なんで歓迎されんの？　俺」

返事はない。彼は黙り込んで、俺から顔を背ける。

「お前のことが好きで、結婚したがってるんじゃなかったの？　お前が、同性にしか興味ないって言っても、信じないくらいお前のこと好きなんだろ？　でも……さっきの彼女は、ちゃんとそれを認めてて、応援してるみたいに見えた」

相原は、クスクスクス…と笑い出した。

「相原？」

「簡単にバレちゃうよな。そりゃあ、香織はあんなんだし……お前が普段一緒にいる樋野《ひの》に比べりゃ、単純でわかりやすいもんな」

振り向いた彼は、もう笑ってない。怖いくらい真剣な目で、俺を見ている。

「あのなに考えてんだか摑めない、無愛想でぶっきらぼうな樋野と対等につきあえるのって、お前ぐらいだもんなァ。人の気持ちによっぽど敏感じゃなきゃ、やってられないよな」

「……なに言ってんの、相原」

なんとなく気圧《けお》されて、ラグの上をじりじりと後退《あとじさ》る。

「俺、香織にはこう言ったんだ。〝ずっと片想いしてたヤツとようやく両想いになれて、今年のイヴは一緒に過ごせることになった〟ってさ。香織は、だったら紹介してほしいって言ったよ。だからお前を連れてきたんだ」

「……はあ？」

いったいなにを言い出したんだと、訝《いぶか》しく彼を見上げた。人好きのする、愛想のいいヤツなのに、今は無表情だ。

俺が人の気持ちに敏感だって？　嘘《うそ》だろう。全然わからない。第一、わからないからこそ、ここのところ力也とも擦れ違っているのだ。

「俺の言ってること、わかんねぇ？」

問いかけられて、思わず頷いた。

「好きだって言ってんの。……俺、三倉が好きなんだ。前から、ずっと。テストの結果表拾った時は、神様が俺に味方してくれたんだと思った。お前に近づけるチャンスだって」

「じゃ、じゃあ、香織ちゃんのことは…」

「嘘だよ。香織はただの従姉妹《いとこ》だ。しかも、親も親戚も知らない俺の性癖に気づいて、お前が言うように応援してくれてる。俺の理解者だよ」

俺が後退ったぶんだけ、相原が近づいてきた。急速に狭くなったお互いの距離に、嘘だろう、と胸の内でそっと呟《つぶや》く。

つまり——俺、騙《だま》されてたってことだよな？　恋人のフリをしろというのはただの口実で、相原の家にまで連れてこられて——。

「三倉。……俺とつきあって。お前だって、ノンケじゃねーだろ？　俺のことも、嫌いじゃないだろ？」

「嫌いじゃないけど、そういう意味で好きなわけでもねーよ」

思いきって口にする。

悪いかな、と思ったけど、こういうことはハッキリ言ったほうがいいだろう。変に気を持たせるわけにはいかない。

「……ハッキリ言うなァ」

「勉強教えてくれたことは、感謝してる。相原の教え方、すげーわかりやすかったし。でも、お前が最初からこういうつもりだったんなら、もう続けられない」

「じゃあ、これからどうすんの？　百人以上も抜くなんて、不可能だよ。第一、お前って本当は文系向きじゃん。なんで無理して樋野にあわせるわけ？　それとも、樋野に打ち明けて、一緒にお勉強する？」

さっきから、やけに彼が力也の名前を言うのが気にかかった。

「相原、もしかして…」

言いかけた時、ふいに肩を突かれて後ろに倒れ込む。慌てて起き上がろうとしたところへ、彼が伸《の》しかかってきた。

「や、やめろよっ」

がむしゃらに覆い被《かぶ》さってくる身体を押し退《の》けようとした途端、「キャッ」と女の子の声が室内に響く。

声がした方向に目を向けると、香織が立っていた。

手にしたトレイの上で、ティーセットがカチカチ音を立てている。

「ご、ごめんなさい〜、お邪魔だったみたい。憲ちゃん、クッキーとお茶ここに置くね。……ごゆっくり」

彼女は耳まで赤くなって、そそくさと部屋を出ていった。残された俺たちは、ちょっとの間硬直していたが——。

「退《ど》けよ」

凄味《すごみ》を利かせて口にすると、毒気を抜かれたように相原が素直に身体を起こす。

「……できればやっちゃいたかったんだけど……駄目？」

「駄目に決まってんだろ。なに考えてんだよ、タコ。下に、あの子とお母《かあ》さんがいるんだろ？

…っつーか、それ以前にできるかっつーの」

「やっぱ、駄目かァ」

あーあ、と相原は大きく息をついた。その軽さはなんなんだと、胸倉を摑んで揺さぶってやりたくなるようなあっけらかんぶりだ。

「あわよくば、と思ってたんだけど」

――お前、本当に俺のこと好きなわけじゃないだろ？　と聞きかけて、やめた。

もうそんなことは、どうでもよかった。

相原に押し倒された瞬間、頭の中にもやもやしていたものがサーッと霧が晴れるようになくなってしまったのだ。

抱くのも抱かれるのも、ほかの人間じゃ駄目だ――わかりきっていたはずの結論が、閃《ひらめ》いた。

俺には力也しかいない。力也でないと駄目なんだ。

「……俺、帰る」

立ち上がりかけるのを、伸ばされた手が阻む。

「香織の手前、もうちょっといてほしいんだけど」

「嫌だよ」

「フラレるのはともかく、残念賞として、日が暮れるまで一緒に過ごしてくれない？」

「悪いけど」

つれないなーと、相原は唇を尖《とが》らせた。

「そういう可愛くない態度だと、バラしちゃうよ、成績」

「……いいよ」

ちょっと迷ったけど、キッパリ言いきる。彼は、チェッと小さく舌打ちした。

「つけいる隙はないのか…」

じゃあ、しょうがないな、とため息混じりの囁《ささや》きが洩《も》れた。

「送るよ」

「一人で帰れる」

駅までの道は、一本だ。もう覚えてる。

「送らせて。頼むから」

必死な面持ちで言われたのでは断れず、仕方なく頷いた。

結局クリスマスケーキは待ちきれず、せっかく入れてくれた紅茶も冷たくなって放置されたままだ。部屋にまで漂ってきた甘い匂いが、俺を責めるようにつきまとってくる気がした。

送らせてと懇願したわりに、俺たちの間に会話はなく、ただ駅までの道を黙々と歩く。

商店街にはやっぱりクリスマスソングがガンガン流れているけれど、さっきと違い、どこか空々しいような感じで俺の耳に響いてくる。

もしかしたら今日は、今まで生きてきた中で一番気まずいクリスマスイヴかもしれない。

意識しないまでも力也とずっと過ごしてきて、今年はお互いの想いを確認して初めてのクリスマスなのに——最悪だ。

相原ともこんなことになっちゃって、俺、これからどうすればいいわけ？　おそらく相原はテスト結果を吹聴《ふいちょう》したりしないだろうけれど、もう無料の家庭教師は失ってしまった。こんな気分を抱えて、このあとなに食わぬ顔をして力也に会えるだろうか？

こっそりとため息をついた。と、隣を歩く相原がピタリと足を止める。

「相原？」

どうしたんだろうと、顔を上げかけて——俺もまた足が硬直するのを感じた。

目の前に、力也がいる。

見間違いだろうかと何度か瞬きしたが、それは幻覚でもなんでもなく、本当に本物の力也本人が立っているのだ。

唖然《あぜん》と口を開けている相原をちらりと一瞥《いちべつ》し、力也は黙って腕を伸ばした。その指が俺の手首を捉《とら》え、引き寄せるのを、俺も他人事《ひとごと》みたいに眺めていた。

力也はむっつりと黙りこくっている。いつも以上に仏頂面で、彼の身体から青白い炎が立ち上っているみたいだ。その炎は——嫉妬《しっと》だろうか。

「力…」

相原との仲を誤解されてしまったのではないかと、それだけは言いわけしようと慌てて口を開きかけたが、それより先に彼は相原に向かって低く呟いた。

「お前が俺をどう思っていようと勝手だけどな。……章悟を巻き込むな。こいつに手を出して傷つけるような真似をするなら、俺は黙っていないからな」

力也の声は、ゾッとするような響きを持っていた。

こんな力也も知らない、と思った。

今まで見たこともないくらい、彼は深く静かに怒っているのだ。それは嫉妬なんてものじゃなく、なにか——もっと根が深いような……。

「……力也、相原と知りあい？」

ふと思いついたことを聞いてみると、答えたのは力也ではなく相原だった。

「そりゃあ知ってるよなあ？　三倉だって、俺の名前は知ってただろ。いつも樋野の下にいるってさ」

人の好さそうな普段の顔はどこへいってしまったのか、相原は妙に荒《すさ》んだ物言いをした。

「俺が必死にやってもさ、どういうわけか樋野は俺より一歩だけ先にいるんだよな。本当に、いつも一歩だけ。たった一歩が、俺は追い越せない。その悔しさがお前にわかる？」

相原の言葉は、ある程度予測できたものだったんだと思う。心のどこかで、やっぱり、と納得してる自分がいる。

それは、さっき相原の部屋にいた時にも感じたものだ。言葉の端々に、やけに力也を意識してるみたいな印象を受けた。彼はさりげなさを装っていたけれど、ライバル意識のようなものはビシビシ伝わってきていた。

「最初から意識してたわけじゃねーよ。……樋野に負けたくねーと思い始めたのは、今年の春の英一高《はなぶさ》との親善試合ん時からだ」

「英一高との親善試合？」

なんの？　と力也と視線を交わす。

「覚えてねーんだろうな。樋野はいろんなクラブの助っ人気取りで、颯爽《さっそう》と現れては消えていく英雄《ヒーロー》みたいなもんだったんだから」

それって、以前よく頼まれるままに引き受けていた――というよりは、俺が力也に引き受けさせていた――運動部の助っ人のことか？

「バレーだ」

　ぼそりと、力也が言った。

「バレー……、もしかして、相原ってバレー部？」

　力也が入ったために、レギュラーから外されて恨んでたとかそういうことだろうか？　でも、部活動はしてないみたいだったけど、俺との勉強会のために休んでたのか？

「覚えてたのか？」

　相原は、力也を睨《にら》みつけた。力也は答えずに、肩を竦《すく》める。俺は黙って、二人を見比べた。力也の態度に業を煮やしたのか、相原は今度は俺に向かって口を開く。

「退部したんだよ、英一高との試合のあとに」

「それって……力也のせいなわけ？」

　その質問には、相原は首を横に振った。

「きっかけはそうだったかもしれないけどな。……俺、英一高との試合直前に、膝《ひざ》痛めてさ。試合に出られなかったんだよ」

「もしかして、相原の代わりに力也が出たんだ？」

「そう。他にも部員はいるのに、なんだって部外者を引っ張り出すんだって正直ムカついた。けど、結果は圧勝。……やってらんねーよな。俺はレギュラーになるまでに一年近くかかった。

そんで、なった途端、張りきりすぎて自滅だよ。ところが、いきなり部員でもなんでもないヤツが現れて、ちゃっかり試合だけ出て大活躍。……俺が出るよりよかったんじゃないかって、陰口言うヤツまで現れる始末で…」

「相原…ごめん。ごめん、俺…」

咄嗟《とっさ》に謝った俺を、彼は不思議そうに見る。

「なんで三倉が謝るわけ？」

「たぶんそれ、俺のせいだ。力也はもともと助っ人なんてやる気は全然なくて……でも、俺がやれって言ったから。それで…」

関係ねーよ、と相原は言った。

「俺が出ても勝てなかったかもしれない。結果的に、樋野のほうが実力が上だった。それは事実だ。俺だってちゃんとそれくらい認めてる。わかってるけど——負けたくねーって思ってもしょうがないだろ？　それで、何度も何度も思い知らされるんだ。あと一歩のとこで、俺は樋野に勝てない」

「だから、章悟にちょっかい出したのか」

決めつけるように、力也が口を挟んだ。

「力也」

慌てて窘《たしな》めたが、間にあわなかった。相原は、ギラギラした目で力也を睨みつけている。

「……そうかもな」

吐き捨ててから、彼は俺に視線を戻し申しわけなさそうな表情を作る。

「いいよ。なんとなく……そうじゃないかなって気がしてた。……気がついたのは、さっき部屋でだったけど、相原、本当は俺のこと好きとかそんなんじゃなくて…」

「それは違う」

俺の言葉を遮って、彼は否定した。

「樋野を意識するようになって、いつも一緒にいる三倉も視界に入るようになった。樋野にとっての三倉みたいな存在が、羨《うらや》ましかった。樋野はきっと、三倉がいるから頑張れるんだろうなって思えたからさ。三倉が俺を好きになってくれたらいいのにって……思ってたのは本当」

「相原…」

「三倉が俺のもんになっちまったら、樋野に一泡吹かせられるなって思ったりもしてたけどさ。……三倉のことは、マジで好きだったんだって」

それだけは嘘じゃないよと、彼は言う。

この場合なんて言えばいいんだろう、と考えていたら——掴まれたままだった手首を、さらに強く引かれた。

「あ…?」

力也はもう相原を見ようともせず、まっすぐに駅に向かって歩き出す。俺を引き摺《ず》ったまま。

「力也、力也っ! ちょっと待てよ、まだ相原が…」

「もう話すことなんかない」

キッパリと彼は言った。

「それとも、章悟はあいつのほうがいいのか?」

「そんなこと…」

ないよ、と口にして、でもやっぱり気になって相原を振り返る。

彼は道の真ん中に立ち尽くして、俺たちを見送っていた。そうして、小さく手を振った。

俺は手を振り返すこともできずに、そんな相原を黙って見ていた。彼はどんどん小さくなって、やがて見えなくなった。


手首を摑まれたままひと駅だけ電車に乗って、家までの道を歩いた。

あっという間に力也の家に到着し、彼は躊躇《ためら》うように足を止める。

「力也」

おそるおそる呼びかけてみる。

「……お前の部屋、行っていい？　たくさん——話したいことがある。話さなきゃなんないことがあるんだ。聞いてくれる？」

彼は頷いた。

「俺が知りたいことも、ちゃんと答えてくれるのか？」

そう尋ねられて、俺も頷く。

「なんでも——全部話すから」

彼の肩から、ホッとしたように力が抜けたのがわかった。力也もずっと不安だったんだ、となにも言わなくても伝わってくる気がした。そして、きっと力也ももうわかってる。俺の不安も、焦りも、なにもかも。

手を繋《つな》いだまま、階段を上る。

家の中には、チキンの焼けるいい匂いがしていた。台所から、力也の母親が楽しげにジングルベルを口ずさんでいるのが聞こえてくる。今夜は家族でクリスマスなんだろう。ウチも似たようなものだ。

部屋に入り、後ろ手にドアを閉める。

「それで？」

ゆっくりと、力也が振り返って俺を見た。

「……相原が、お前のことライバル視してるなんて思ってもみなかった。愛想よくって、屈託なく声かけられてさ。なんか……警戒心を起こさせないタイプで」

「で、毎日一緒に勉強してたってことか」

彼の言葉に、びっくりして目を瞠《みは》る。

「なんで知ってんの？　……もしかして、尾行《つけ》たのか⁉」

力也は申しわけなさそうに俯《うつむ》いた。

「……悪かった。卑怯《ひきよう》な手段だとは思ったんだが、どうしても気になって」

「心配…してくれたんだよな？」

俺がなにも言わなかったから――と小さく呟く。力也を責めたりはできない。俺だって力也の立場だったら、同じことをしたと思う。

「もう……今さら隠してもしょーがないから言うけど、呆《あき》れずに聞けよ？　俺、この前のテスト順位、百八十一番だったんだ」

思いきって口にすると、さすがの力也も驚いたようにポカンと口を開けた。

――ああ、格好悪い……と恥ずかしくて、穴を掘って埋まってしまいたくなる。

「それは……ワースト記録だな、お前にしちゃ」

「うん。テスト前に力也と気まずくなっちゃったり、玲子叔母《れいこおば》さんが来たり……落ち着かなかったっていうのもあるけど、それは言いわけだよな。だって、力也はちゃんと勉強して、順位が上がってたんだし」

　みっともなさを堪《こら》えつつ、せめて責任転嫁だけはしないようにと言葉を続けた。

「俺、ホントは六十位以内に入りたかったんだよ。そうでないと、来年力也と同じクラスになれない」

「……章悟、俺はさ――ちょっと勉強に逃げてた。なにかしてないと、お前のことばっかり考えてどうしようもないから」

　力也の言葉に、おいおいとツッコミを入れる。

　逃避にしちゃ、彼は前向きだ。

「ただでさえへこんでたのに、俺ってばテスト結果表落としちゃってさ。それを拾ってくれたのが、相原」

　そうして、相原が勉強を教えてやろうと言ってくれたことや、それと引き換えに要求したことなんかをかいつまんで話す。力也は、うんうんと頷きながら聞いていたが、

「なんで俺には言わなかった？」

　ふいに大真面目《まじめ》な顔で尋ねた。

「だって……俺、バカだからさ。お前、呆れて愛想尽かすんじゃないかって思ったんだよ」

「俺が？　章悟に愛想尽かす？」

くりかえし、彼は「お前、本当にバカだな」と口にする。

そんなわかりきったことをわざわざ念押しするみたいに言わなくてもいいじゃないか、とちょっと膨れると、彼の指先が頰《ほお》を突いた。

「なんで成績が悪いぐらいで、俺がお前に愛想尽かすなんて思うんだよ？　そんなことありえないって、わかるだろう？」

「……わかんねーよ」

小さく呟くと、彼は「え？」と耳を近づけてきた。

「わかんねーよ。だって、最近の力也、わかんねーことだらけなんだもんよ。今までと、なんか違う。俺の知らない力也がいっぱいいる。今までは単純にわかったつもりでいたことが、どんどん複雑になってきて、理解不能になっちゃって…」

「章悟…」

「なんで？　お前のこと、友達として以上に好きになっちゃったから？　ただの幼馴染《おさななじ》みじゃなくなったから？　だからわかんなくなっちゃったのか？　それなら、今までどおりの幼馴染みのほうがよかったよな。そう思う一方で——もう今までどおりじゃ嫌だって思ってる自分もいる。さっき相原にも好きだって言われて、押し倒されそうになって……でも、力也じゃないからなんにも感じなかった。力也のことだけじゃない。俺、自分の気持ちまでわかんなくなってる。信じられる？　自分のことなのに、自分でわかんねーんだぜ」

早口で捲《まく》し立てていた言葉が、ふと途切れた。

力也の腕が伸びて、そうっと抱き竦められたのだ。ふわりと温もりに包まれて、混乱して半分パニック状態だった頭が、スーッと楽になるのがわかった。

「俺もだよ」

静かに、力也が言った。

「俺も……いろいろわからなくて、混乱してた」

「嘘…」

お前いつも落ち着いてたじゃんか、と言いかけて、その言葉を呑《の》み込んだ。力也が思っていることや感情を、表に出すのが苦手なのは俺が一番よく知ってる。そうして隠されているそれらを、察するのが一番得意なのは俺のはずだった。

「ごめん」

謝って、しがみつく。子供の時みたいに。

「キスして、力也」

今の台詞は、子供の時とは違う。応えてくれる力也も。

彼の首に手を絡めて、自分から積極的に唇を押しつける。

この前のちょっと乱暴だったのとは違う、久しぶりに触れる彼の優しい吐息や唇に、嬉しくて泣きそうになる。彼とキスする前はなんとも思わなかったのに、一度知ってしまった果実の甘さはもう忘れることなんかできない。もっともっとと、角度を変えては何度も口接《くちづ》けた。キスはすぐに深く、激しいものになった。

口の中が力也でいっぱいになって、触れているのが唇だけじゃ物足りなくなる。

もっと欲しい。俺をもっと、力也でいっぱいにしてほしい。

「章悟、ちょっと待っ…」

「やだ」

離れかけようとする彼を、追いかけて捕まえる。

「五秒だけ」

言うが早いか、彼は俺を押し退け、ドアの鍵をかけた。一応ついているものの、滅多にかけられない鍵だ。

五秒どころか三秒ぐらいで戻ってきた彼は、俺を抱えてベッドへと直行した。そのまま横たえられて伸しかかられ、思わず息を詰める。

「言っとくけど、今日は逃がさないぞ」

「逃げないよ」

即答すると、彼の表情がちょっとだけ柔らかくなった。

「本当に？　全部、くれるのか？」

「やるよ。……こんな俺でよかったら」

「お前だからいいんだ」

その言葉に安心して、ぎゅうっと抱きついた。これまでの不安や焦りや、一人でジタバタと足掻《あが》いて空回りしていたことなんかが、こうしてるだけで嘘みたいに思えてくる。それから、ふと思いついたことに、ちょっと笑ってしまった。

「章悟？」

「……クリスマスイヴにこんなことしてるなんて、俺たちってベタすぎねー？」

そうか？　となんでもないように力也は言った。

「クリスマスって、そういう日なんだろ？」

それは——神様が聞いたらビックリして目を回すよな、なんて思いながら、もうあとは言葉にならなかった。

力也が狂おしく俺を求めてくれて、それに応えるのがやっとだ。

彼の手が、唇が、身体をなぞるように触れていく。くすぐったい場所は感じるところ、というのもまんざら嘘じゃないみたいで、相変わらずくすぐったいのは確かなんだけど、前みたいにバカ笑いしたりはしない。だって、力也のすることに水を差したくないし——たぶん俺自身が、この行為を中断したくないと思ってる。

もっと触ってほしい、力也に。

俺も触りたい。

それで、うんと深く——幼馴染みの関係のままじゃわからなかった深い場所まで潜り込んで、混ざりあっちゃいたい。

力也は俺がイクのを待たずに、身体を繋《つな》ごうとした。この前は、冗談じゃないと逃げ出してしまったローションも、体内に施されるうちに媚薬《びやく》みたいに染みてくる。

自分が内側から蕩《とろ》けていくのがわかる。力也の指が、俺を蕩かせる。

「力也…っ」

胸を喘《あえ》がせ、丁寧に俺を慣らそうとしてくれている彼の首にしがみつく。

「も、いいから。……来い…よっ」

わかった、と彼は頷いた。

そのやけに優しげな表情に、まだちょっと構えていた気持ちがふうっと楽になる。

大丈夫、力也に任せていよう。いつだって、力也と一緒にいたら大丈夫だった。物心ついた時から、ずっとずっとそうだった。

彼が、ぎこちなく身体を沈めてくる。

「──う、……ん…っ」

気が遠くなるくらい慣らされたはずなのに、それでもやっぱり背骨がズレるみたいな痛みが走る。息を詰めて痛みをやり過ごし、じわじわと広がる異物感に呼吸をあわせる。

きっと、ほんの数週間前なら耐えられなかった痛みだ。

想像しただけで「やめよう」と訴えて逃げ出してた。でも、もうやめようなんて言わない。

そんな余裕、ない。彼を抱きしめるだけで、せいいっぱいだ。

「力也……りき、や…っ、気持ちイ…?」

ああ、とため息みたいな声が答えて、彼の動きが速くなる。内臓を内側から擦《こす》られて、むず痒《がゆ》いんだか痛いんだか、気持ちいいのか悪いのか、俺のほうはさっぱりわからないんだけど

……それでも、離れたくなかった。

もっともっとと、深い場所へ力也を誘う。

逞《たくま》しい肩口に甘く歯を立てて、舌でなぞった。応えるように、力也がキスをくれる。

なんか──満たされていく感じがした。

変えられてしまうことが怖くて、変わってしまうのが嫌で、逃げてばかりだったけれど、もう平気。

今まで知らなかった力也も、こうやって少しずつわかっていく。

格好悪い俺も、みっともない俺も、ちょっとずつバレて――でも、力也が好きでいてくれるんならかまわない。

恋をするのはまんざらじゃないと、初めて思えた。

力也が俺を大事に大事に扱ってくれるのがわかったから、俺も同じぐらい――いや、それ以上に力也が大事なんだよ、と言葉じゃなく俺全部で伝えたい。

彼の背中が波のように震えて、男らしい眉間《みけん》に微《かす》かに皺《しわ》が寄せられる。固く目を瞑ったその表情は、やはり初めて見るもので――格好イイ、とちょっと見惚《みと》れた。

少し遅れて、俺も彼の手の中でイッた。

きゅっと瞑った瞼《まぶた》の裏側が白く光って、その瞬間、俺はどんな顔をしてるんだろう、と考える。俺が見惚れたように、力也も俺を愛《いとお》しいと思ってくれるだろうか。

思ってくれたら、いいなぁ。

行為のあと、黙ったまま布団《ふとん》の中で緩く抱きあった。激しかったさっきまでの時間が嘘みたいに、穏やかな時間だ。

言いたいことがいっぱいあるような気もするんだけど、それと同時になにも言わなくてもいいような気もしてる。身体だけじゃなくて、心の奥底まで触れあうことができたから、今は言葉はいらない。

最悪だと思ってたクリスマスイヴが、最高のものに変わっていく。力也の腕の中で。

□■□

それぞれの家で夕飯をすませてから、二人で公園のイルミネーションを見にいった。

暗闇《くらやみ》に紛れて手を繋いで。

「身体、平気?」

さりげなく聞かれて、「平気に決まってんだろ」とちょっと強がる。

ホントはまだ異物感が残ってて、もぞもぞ変な感じもするけど——でもそれは、そんなに嫌な感じじゃない。力也との行為のせいなんだと思うと、悪いものじゃないと思える。

「さっき言ってた話だけど…」

ぼそりと力也が言った。

「勉強、俺と一緒にやろう。さすがに百二十人抜くのは難しいと思うけど……それに、俺、章悟は無理して理数系志望しなくてもいいと思う」

「……じゃあ、力也と同じクラスになれないじゃん！」

なに言ってんだよ、と食ってかかる。

「べつに同じクラスじゃなくてもいいだろう？　俺は、同じ教室にいても口もきけない最近のほうがずっと嫌だった。クラスは違っても、休み時間に会えるし、家だって隣だし。どうせ授業中は、同じクラスでも喋《しゃべ》れないんだから」

「それはそうだけど……クラス行事とか、分かれちゃうじゃんか」

なおも言い張ると、彼はウーンと低く唸《うな》る。

「三年になったら、選択授業が増えるし、これまでみたいなクラスの連帯感みたいなものはなくなるんじゃないか？　どっちにしろ、俺は浮いてるしな」

「だから心配なんだろ！　俺がいないと…」

言いかけて、訂正する。

「違う。俺が駄目なんだ。力也がいないと」

彼の目が、そばにいるだろう、と言うように俺を覗《のぞ》き込んだ。

「無理してあわせなくてもいいんだって。俺と章悟は、そんな即席の仲じゃない」

その言葉に、そっか、と素直に納得できる自分がいた。

そうなんだ。——生まれた時から、ずっとずっと一緒だった。これからも一緒だ。

無理しなくたって、俺たちはずっとこうしていられる。

それからは、黙って歩いた。

なにも言わなくても、俺たちの間に流れる空気は暖かくて優しい。ベッドの中で緩く抱きあってた時に感じたのと同じように、俺たちを取り巻くすべてのものが穏やかだ。風は冷たくて、耳が痛いし、息も白く凍るけれど——繋いだ手は、こんなに温《ぬく》い。

公園に辿《たど》りついてみると、俺たちだけじゃなく何組ものカップルや家族連れがイルミネーションを楽しんでいた。

ピカピカと光るツリーや、飾りつけられた木々や植込みは、それほど豪華でも派手でもなかったけれど、ほのぼのと幸せな感じがした。

「力也」

好きだよ、と囁く。力也の唇が「オレモ」と動いた。

クリスマスの主人公みたいな顔をして、俺たちは並んでツリーを見上げていた。

あとがき

春なのに、クリスマスの話ですみません（笑）。

こんにちは。もしくは、はじめまして。ここまで読んでくださって、ありがとうございます。

……そう、なぜかクリスマスなんですねー。春なのに…。『独占禁止!?』が雑誌に掲載された時には、発売時期に季節をあわせたような気がするのですが、その続きだったのでついクリスマスに……（一か月ほど前に発売された他社の文庫でも、正月の話だったような気が……春なのに（笑））。いっそ春の話にしようかとも考えましたが、それだと「こいつら、春までなんにもナシかい！」という状況になってしまうし……と、言い訳はこのへんでやめといて。

幼馴染みの話です。ボーイズ界、幼馴染みの話は山ほどあるんですが、実はちゃんと書くのは初めてかも？　と思います。幼馴染みが登場しても、ほかの誰かとくっついちゃうような話は書いた覚えがあるんですが、幼馴染み同士で恋に落ちるというのはなかったんですね。担当さまに「幼馴染みの話なんてどうでしょう？」と言われた時には、……そんな、幼馴染みなんてすでにたーくさん素敵な話が世の中に溢《あふ》れているのに、今さら私が…と思ったんですが、書いてみると自分的にはちょっと新鮮だったりして。楽しく書けた気がしています。皆さまにも楽しく読んでいただけたら嬉しいです。

私自身は、小学生の時に生まれた神戸《こうべ》を離れて東京《とうきょう》に引っ越してきてしまったので、当時の幼馴染みとは現在は年賀状のやり取り程度のつきあいしかありません。だから、ずっとそばにいて仲よくできる幼馴染みがいたらなぁと憧れてしまいます。一生つきあえる友達（恋人に発展してもいいけど…）がいるって、素敵ですよね〜。

今回のイラストは、宮城《みやぎ》とおこさんでした。本屋さんで某シリーズの表紙が平積みにされているのを見ては、「なんて優しくて綺麗なカラー」とうっとりしていましたので、描いていただけてすごく嬉しいです。頂いた表紙や口絵のラフも、とっても綺麗〜！　早く本になったところを見たいです。どうもありがとうございました！

インフルエンザで二回も救急車に乗ってしまったという、担当さま。どうかお身体を大事にしてください。いや、したくてもできない状況を私も作っているような気がするんですが、すみません。今後ともどうぞよろしくお願いします〜。

読者の皆さまも、よろしければご感想やご意見などお聞かせくださいね。それではまた、お目にかかれますように！

二〇〇三年二月　鹿住槇《かずみまき》　拝

この本を読んでのご意見、ご感想を編集部までお寄せください。
《あて先》〒105-8055　東京都港区芝大門2-2-1　徳間書店　キャラ編集部気付
「鹿住槇先生」「宮城とおこ先生」係

■初出一覧

独占禁止!?……小説Chara vol.5（2002年1月号増刊）
恋愛解禁!?……書き下ろし

Chara

独占禁止!?

……【キャラ文庫】

2003年3月31日　初刷

著者　鹿住　槇
発行者　市川英子
発行所　株式会社徳間書店
〒105-8055　東京都港区芝大門2-2-1
電話03-5403-4324（販売管理部）
03-5403-4348（編集部）
振替00140-0-44392

印刷　図書印刷株式会社
製本　株式会社宮本製本所
カバー・口絵　近代美術株式会社
デザイン　海老原秀幸

ISBN4-19-900263-4

キャラ文庫

鹿住 槙の本
MAKI KAZUMI

絶賛発売中

甘いだけのキスじゃ、いや。
大人の恋を、教えて？

[甘える覚悟] CUT／穂波ゆきね

高校生の甥・馨《かおる》と同居することになった信司《しんじ》。生意気だとばかり思っていた馨をいつしか愛しく思い始めた信司は…。

好評既刊

《恋するキューピッド》シリーズ CUT/明神 翼

[恋するキューピッド] [恋するサマータイム 恋するキューピッド2]

兄にラブレターを届けにきた剛士《ごうし》と、友達になった和《かず》。でも、突然キスされちゃって!?

[可愛くない可愛いキミ] CUT/藤崎一也

可愛いと評判の七海《ななみ》から告白された迅《じん》。でも迅は、七海が隠す素顔の方が気になって…。

キャラ文庫

鹿住 槇の本

絶賛発売中

[甘い断罪] CUT 不破慎理

平凡な会社員・俊哉《しゅんや》の前に、高校の頃に姿を消した同級生の秋吉《あきよし》が現れた。「お前の罪を体で償え」と迫られるが…!?

好評既刊

[囚われた欲望] CUT/椎名咲月

高3の時同級生に犯され、無気力に生きてきた誠《まこと》。その同級生そっくりな男が現れて…。

[ゲームはおしまい!] CUT/宏橋昌水

1ヵ月以内に俺をオトせるか——俺・久保田祥《くぼたしょう》は、後輩の小山内《おさない》と賭けるハメになり!?

鹿住 槇原作のCharaコミックス [騎士《ナイト》のススメ] 作画 楠本こすり [ヤバイ気持ち] 作画 穂波ゆきね

ALL読みきり小説誌

［キャラ］小説Chara

キャラ増刊

「その指だけが知っている」シリーズ
［左手は彼の夢をみる］
神奈木智 CUT◆小田切ほたる

［青と白の情熱］
剛しいら CUT◆かすみ涼和

人気のキャラ文庫をまんが化!!
原作 桃さくら & 作画 神崎貴至
「だから社内恋愛！」原作書き下ろし番外編

····スペシャル執筆陣····

秋月こお　菅野 彰　火崎 勇　鹿住 槇　たけうちりうと
エッセイ 神崎貴至　佐々木禎子　篁釉以子
TONO　穂宮みのりetc.

5月&11月22日発売